W0285739

TASCABILI BOMPIANI 1455

Dello stesso autore presso Bompiani

NEVE
IL VIOLINO NERO
L'APICOLTORE
OPIUM
LA TRILOGIA DEI COLORI
AMAZONE E LA LEGGENDA DEL PIANOFORTE BIANCO
IL LABIRINTO DEL TEMPO
LA PICCOLA MERCANTE DI SOGNI
LA BAMBOLA DI PORCELLANA
LA FATA DEI GHIACCI
IL PALAZZO DELLE OMBRE
BILLARD BLUES

MAXENCE FERMINE

TANGO MASAI

L'ULTIMO SULTANO

Traduzione di Vincenzo Latronico

I GRANDI TASCABILI
BOMPIANI

Titolo originale:
Tango Massaï

ISBN 978-88-301-0246-0

www.giunti.it
www.bompiani.it

Via Bolognese 165 - 50139 Firenze - Italia
Via G.B. Pirelli 30 - 20124 Milano - Italia

Prima edizione: marzo 2021

Per Barbara e Ophélie

"Morirò nel posto in cui mi scaraventerà il destino."
Arthur Rimbaud

PRIMA PARTE

1

L'armata ribelle arrivò a Tabora una sera, dopo le piogge; aveva costeggiato la linea ferroviaria che collegava i territori centrali del paese a Mwanza, sulle rive del lago Vittoria. Invase la cittadina africana entrando dalla porta settentrionale.

Era aprile, il mese delle precipitazioni fittissime dovute ai monsoni provenienti dal mare, ottocento chilometri a est, i cui effetti talvolta raggiungevano l'interno della regione desertica che, all'improvviso, era spazzata da tempeste tanto violente quanto passeggere. Il suolo, screpolato da mesi di siccità – non pioveva pressoché da un anno – non riusciva ad assorbire abbastanza in fretta l'acqua che scendeva dal cielo e si trasformava in un oceano di fango argilloso, un oceano formato di pozze in cui gli uccelli andavano a sguazzare, gioiosi.

Tre giorni prima, la colonna di guerrieri aveva lasciato le pianure del Serengeti e le distese erbose del Nord del paese, per imboccare la strada che conduceva a Tabora. Senza preoccuparsi della furia degli elementi, gli uomini avevano marciato verso sud, attraversando campi allagati, sentieri boschivi divenuti trappole di fango, ruscelli trasformati in torrenti. Avevano camminato in un paesaggio di selvaggia bellezza, deserto e tranquillo come un mare in bonaccia, arrossato dal sole, lavato dalla pioggia, essiccato del vento.

Nella regione dei laghi, uno stormo di fenicotteri rosa aveva salutato il passaggio dei guerrieri spiccando il volo all'unisono e all'improvviso. Poi, branchi e mandrie di ogni specie avevano incrociato il cammino della colonna: gnu, antilopi, impala, kudu, giraffe, leoni e ghepardi. Infine, oltre la pianura selvaggia, si era palesata la presenza di altri esseri umani.

Scorgendo i guerrieri che si avvicinavano, gli abitanti dei villaggi fuggivano o si rintanavano nelle abitazioni – proprio come gli animali si rifugiano nelle tane di fronte a un pericolo imminente –, lasciando i loro pochi averi in balia dei mercenari. Eppure, l'armata non aveva compiuto alcun saccheggio; si era appena permessa di attingere acqua a qualche pozzo, oppure di confiscare un sacco di grano o di miglio, allorché si era rivelato necessario. Ma non vi era stata violenza né lotta. Per ora, l'esercito ribelle preferiva avanzare pacifico, discreto.

Le soste notturne avvenivano sempre nella boscaglia, lontano dalle abitazioni. All'alba, riprendeva la marcia, lasciandosi alle spalle poche tracce nascoste – ceneri tiepide, impronte di passi sull'erba –, effimeri segni che presto sarebbero scomparsi per sempre.

In qualsiasi caso, quegli uomini si comportavano così perché, sin dall'inizio, non avevano che un solo scopo, una sola meta nella mente: Tabora.

Tabora – un tempo chiamata Kazeh, una città fondata da mercanti arabi all'inizio del diciannovesimo secolo – era situata nel cuore del Tanganika. Porta dei grandi laghi dell'Africa orientale, paradiso della caccia all'avorio, aveva conosciuto i tempi bui della tratta degli schiavi e, da sempre, viveva del commercio di ferro, sale, oro e spezie.

Doveva essere stata una città superba, ma gli assalti coordinati del tempo, del clima e dell'incuria degli abitanti erano riusciti a sfioccarla come un vascello carico d'oro, come una nave che a poco a poco era sprofondata nel mare dell'oblio.

Da lontano, quando la si scorgeva appena, somigliava a un miraggio, con torri ocra, bastioni merlati e due porte – una rivestita di giada, l'altra d'avorio – che istantaneamente rapivano lo sguardo del viandante. Una città irreale, che spiccava nel paesaggio come un cristallo sulla sommità di un cumulo d'argilla, offrendo allo sguardo un'immagine così mutevole da sembrare ai margini dell'invisibilità: ora tanto luminosa da rivaleggiare con il sole, ora tanto oscura da confondersi con la notte.

Tabora era sublime e inquietante come una dea africana dotata di poteri soprannaturali. Chiunque la vedesse, ne conservava il ricordo ammutolito di una visione paradisiaca, sebbene non fosse in grado di descrivere la natura della sua opulenza. Sembrava esistere un tacito accordo: chi aveva ammirato Tabora, non sarebbe mai riuscito a parlarne.

La città possedeva mille soprannomi, uno più immaginifico dell'altro – la Magnifica, la Perla del Paese della Luna, la Dea dalle Cento Porte... –, e c'era chi la trovava così bella da paragonarla a una donna ideale.

All'intersezione di regioni diversissime, fra popoli e culture con usi e costumi differenti, con territori ora infinitamente provvidi ora tremendamente avari, Tabora era situata su un ampio altopiano, circondato di terre coltivate, l'unico passaggio praticabile fra la costa e le terre dell'interno del paese. Lì convergevano le carovane provenienti dall'Africa nera, bisognose di una sosta ristoratrice prima di procedere verso Dar-es-Salaam, dove avrebbero venduto le loro mercanzie a un prezzo migliore.

Ecco la città che l'armata ribelle aveva deciso di conquistare: una città ricca e bella, che costituiva una preda ideale, poiché era difesa in modo assai precario, considerati i tesori che custodiva.

In ogni tempo, persino prima dell'arrivo dei britannici, gli arabi di Tabora avevano sempre rifiutato la presenza di una guarnigione stabile. Da scaltri commercianti, ben difficilmente avrebbero scucito il denaro che ciò avrebbe richiesto. Preoccupati di conservare la propria libertà, temevano sia la volubilità e la cupidigia dei mercenari sia l'arroganza e il dispotismo dei britannici, e così avevano preferito organizzare autonomamente la difesa. Si trattava di una scelta che permetteva loro di risparmiare le spese che l'arrivo e il mantenimento di truppe avrebbero certamente comportato. Con ogni probabilità, era questa la ragione per cui il sultano di Tabora aveva fornito la città solo di uno sparuto manipolo di soldati, mal armati e addestrati persino peggio.

In qualsiasi caso, Tabora aveva vissuto prosperosa e felice per un secolo, trovandosi a fronteggiare soltanto sporadiche scaramucce con le altre popolazioni del paese e a occuparsi di pochi feriti. Eppure, una volta, aveva dovuto affrontare i neri del Paese della Luna – i nyamwezi – un'etnia di pastori conosciuti per la loro ferocia, che ormai si erano insediati a ovest, sulle aride terre circondate dai laghi Tanganika, Vittoria e Rukwa. I nyamwezi, cacciatori d'avorio, cui anticamente erano appartenute le terre sulle quali gli arabi avevano fondato Kazeh, ne rivendicarono la proprietà, e si presentarono per chiedere giustizia. Cinsero d'assedio la città. Ma, da abile diplomatico qual era, il sultano riuscì a evitare lo scontro, ordinando ai suoi soldati di sparare in aria. Al primo colpo di fucile, i nyamwezi si prostrarono al suolo tappandosi le orecchie, giacché non conoscevano le armi da fuoco e temevano il fulmine e la tempesta. Poi, senza più chiedere nulla, tornarono a vivere nelle loro terre, da cui non si sarebbero allontanati per molti anni.

Così, da oltre un secolo, Tabora non aveva alcun nemico da temere. Ora, per sua sventura, in una sera d'aprile, dopo le piogge, un'armata ribelle con lance e fucili si presentò alle sue porte.

Alla testa dell'armata c'era un uomo bianco, ritto e sprezzante in groppa a un cavallo baio dal portamento fiero; i lineamenti apparivano segnati dalla fatica e dagli stenti. Indossava un'uniforme nera, coperta di polvere e lisa dal tempo; dal fianco, gli pendeva una sciabola con l'elsa d'argento; il suo viso era spazzato da lunghi capelli corvini; un cappello lo riparava dalla pioggia. Aveva occhi chiari e penetranti, la linea del naso più affilata della lama di una spada, la pelle brunita dal sole.

Non era solo. Al suo fianco cavalcava un guerriero masai dalla pelle d'ebano e dai muscoli guizzanti; al polso destro, portava un bracciale di perle. Lo seguiva come un'ombra, come un angelo custode. Alle sue spalle avanzava una colonna di un centinaio di soldati armati di lance e – i più fortunati – di fucili. Tutti vestivano di rosso e avevano il viso dipinto con i colori della battaglia; indossavano paramenti e ornamenti per suscitare ammirazione e terrore nei nemici: copricapi con criniere di leone o piume di struzzo, collane di perle, mantelli di piume d'avvoltoio, scacciamosche ricavati da code di gnu, dischi estensori per le orecchie. Nella loro scia si muoveva un drappello di bestie da soma – e mucche, giovenche, pecore e capre, che costituivano una sorta di manna quotidiana.

Infine, leggermente discosti, quattro indigeni reggevano una portantina in legno di cedro, all'interno della quale riposava una donna, adagiata su un letto improvvisato.

Il comandante dell'armata ribelle arrestò il cavallo di fronte alla Porta d'Avorio, e si voltò per parlare alle sue schiere. Sguainò la sciabola, la puntò verso il cielo e gridò:

"Tabora!"

Subito un alto clamore si levò dalla colonna di guerrieri, e fece quasi tremare le mura della città. Ogni soldato impugnò la propria arma e si unì al grido, battendo i piedi sul terreno.

Presto una nube di polvere rossa oscurò l'orizzonte. Tutti compresero che il loro capo stava sfidando il comandante del luogo. Se dovevano combattere, lo avrebbero fatto adesso.

Il clamore si placò, sostituito da un silenzio inquietante. Sulle mura della città, nemmeno una presenza umana. Solo un cane prese a latrare in lontananza. Poi, di nuovo, una calma assoluta: si poteva pensare che Tabora fosse stata disertata in massa dagli abitanti.

Con un cenno della mano, il condottiero ordinò alla colonna di seguirlo e si addentrò nella città.

La via principale, disperatamente vuota, fiancheggiata da negozi sprangati, bancarelle senza mercanzie e carretti abbandonati, rivelava che il loro arrivo non era certo inatteso. Le case dai muri crepati, rugosi come bucce d'arancia, sembravano disabitate. Eppure nell'aria si avvertiva ancora l'odore dolciastro e nauseante dell'immondizia che era stata ammonticchiata a ogni angolo della strada, appena attenuato dall'aroma delle spezie che il vento aveva disperso tutt'intorno, insieme alla polvere. Probabilmente, lì c'era il mercato.

"Ma dove sono finiti?" chiese un guerriero.

La risposta gli giunse qualche momento più tardi, allorché la colonna si riversò nella piazza principale della città. Una folla numerosa si era ammassata sui gradoni di pietra, come per assistere a uno spettacolo. Gli abitanti di Tabora che, spinti dalla saggezza o dal terrore, avevano deciso di restare all'interno delle mura, si erano comunque piegati alla curiosità. Lungi dal rinchiudersi nelle case, si erano diretti come un sol uomo nell'unico luogo in cui certamente l'armata ribelle si sarebbe recata: la piazza della fontana degli elefanti.

Rischiarata dalle fiaccole appese ai muri d'argilla, la scena appariva magnifica e inquietante: al centro della piazza, una gigantesca fontana ospitava due elefanti di marmo, dalle cui proboscidi un filo d'acqua rossastra si riversava senza posa in una vasca di granito. Intorno alla fontana, una vasta distesa di sabbia cingeva lo spiazzo, simile all'arena di un circo. Leggermente in disparte, sui gradoni, centinaia di donne, bambini e uomini, vestiti di gellabe dalle tinte sgargianti, di burnus o caffettani, con i fez sul capo, attendevano in silenzio, immobili come statue. Di fronte a loro si ergeva il palazzo del sultano di Tabora.

Il palazzo, color della sabbia, ricordava gli edifici slanciati dell'Africa settentrionale, ed era stato costruito dai commercianti arabi che, un secolo prima, avevano fondato la città. A ogni estremità si levava un minareto; al centro, una costruzione rettangolare ospitava una decina di stanze, protette da eleganti *musrabiyyah* in legno di palissandro. Queste finestre intagliate presentavano un paio di vantaggi: innanzitutto, offrivano allo sguardo dei passanti uno dei vanti dell'architettura araba e, poi, permettevano a chi si trovava all'interno dell'edificio di osservare la piazza senza essere visto.

Sotto le finestre, una grande scalinata di pietra, ornata da una balaustra in legno raffigurante scene di caccia al leone, conduceva al pesante portale in ferro battuto che custodiva l'accesso al palazzo.

Da quell'edificio, fin troppo maestoso per una città sperduta nel mezzo della savana, Sayid al Saada non usciva da giorni: aveva lasciato la città nelle mani della popolazione e viveva circondato di servitori e guardie del corpo.

Benché ritenesse impossibile che un manipolo di mercenari si mostrasse così temerario da marciare su Tabora, il sultano aveva ceduto alle pressanti richieste dei consiglieri e aveva organizzato una difesa, arrivando persino a inviare un emissario con l'incarico di trattare con il nemico. Ma il negoziatore non era più tornato, la maggior parte dei suoi uomini era fuggita, e adesso l'armata ribelle si trovava nel cuore della città.

Sebbene avesse sentito la paura crescere dentro di sé, Sayid al Saada non era scappato. Anche se sapeva perfettamente che i pochi soldati che era riuscito a trattenere non sarebbero stati in grado di respingere gli invasori, aveva scelto di affrontare il nemico, quando sarebbe arrivato. E così, dalla finestra del palazzo, aveva osservato la piazza della fontana degli elefanti riempirsi di gente a poco a poco, aveva visto le schiere dell'armata ribelle invadere la città.

L'uomo a cavallo – una sagoma inquietante disegnata dal bagliore delle torce che fendevano la notte – lo incuriosiva e lo intrigava. Tentò di cogliere i lineamenti del suo viso, ma la distanza non glielo consentì. Un unico indizio gli permise di identificarlo, un particolare della sua cavalcatura: quel cavallo baio aveva un fianco segnato da una cicatrice enorme, che partiva dalla colonna vertebrale per arrivare fino al basso ventre. In tutto il Tanganika, una sola persona era in grado di montare quella bestia: un individuo che il sultano aveva già incontrato.

"Allora è vero. Non si tratta di un fantasma."

Il sultano si chinò verso il suo consigliere e, come per accertarsi che non stesse sognando a occhi aperti, gli chiese:

"Tariq, è proprio lui?"

Vestito di una gellaba scura, con i capelli ingrigiti e il viso scavato dagli anni, il vecchio scrutò a sua volta l'orizzonte e, continuando a sgranare fra le dita un passatempo incredibilmente sottile, rispose:

"Credo di sì. Anche se mi ripugna pronunciare il suo nome."

Il sultano si lisciò a lungo la barba, incredulo, riflettendo sul da farsi.

"Ha mantenuto la parola. Ed eccolo alla testa di un battaglione di tagliagole senza fede né legge. E tutto questo proprio nel giorno dell'Aid El Mulud, il sacro giorno della nascita del Profeta. Ma non ha rispetto per nulla, quell'infame?!"

"Che cosa conta di fare, signore?" chiese Tariq.

Senza neppure degnarlo di uno sguardo, Sayid al Saada ribatté seccamente:

"Nulla, per ora."

"Non intende chiedere aiuto alla guarnigione britannica?"

Il sultano si voltò di scatto e rivolse al consigliere un'occhiata gelida. Poi prese tempo, espirò l'aria che gli intasava i polmoni, nel tentativo di placare i battiti del suo cuore.

"No," disse, ritrovando una parte della propria superbia. "Prima voglio sapere cosa vuole. Poi deciderò."

Intanto, nella piazza della fontana degli elefanti, il comandante dell'armata smontò da cavallo e cedette le redini al guerriero che lo seguiva: sembrava quasi che avesse udito le parole che Sayid al Saada aveva appena pronunciato. Fece qualche passo in direzione della vasca con l'acqua e, quando fu in piena luce, solo al centro dell'arena di sabbia rossa, si voltò verso la folla radunata sui gradoni di pietra. Restò a lungo immobile, fissando gli abitanti di Tabora senza parlare. Poi aprì il mantello, imbrattato di fango, infilò una mano nella tasca interna e ne trasse un documento chiuso con un nastro rosso. Sciolse il nodo con destrezza, srotolò la pergamena – che rivelò splendidi caratteri rosso sangue – e prese a leggere con voce altisonante, sottolineando ogni sillaba come se si trattasse delle Tavole della Legge, di un testo che tutti avrebbero dovuto tenere impresso nella memoria per l'eternità:

"In nome della giustizia degli uomini e della libertà dei popoli... popoli di razza nera schiacciati da anni di schiavitù e spoliazioni... In nome di tutti coloro che credono nell'equità, e in virtù dei poteri conferitimi dalle autorità masai... io sono venuto per prendere possesso di Tabora!"

Un lungo silenzio. Poi l'uomo continuò, imperturbabile:

"Dopo anni di lotte, anni di vagabondaggi, io sono venuto nelle vostre terre da liberatore, per restituirvi ciò che vi appartiene da sempre, ma che vi è stato finora sottratto: il diritto di coltivare i vostri campi e di vivere liberi, il diritto di decidere la sorte del vostro paese, il diritto di divenire finalmente uomini artefici del proprio destino... Unitevi a me, unitevi al mio esercito, e vivrete liberi e felici, senza più il giogo dei sultani e dei britannici che li manovrano... Vieni a me, popolo di Tabora!"

L'uomo arrotolò la pergamena, riannodò il nastro rosso e ripose il documento nella tasca del mantello.

Di fronte a lui, la folla rimase in silenzio. Nessuno osava muovere un solo muscolo. Quel mercenario sapeva che ormai soltanto il popolo avrebbe potuto decidere il corso degli eventi. Trattenendo il respiro, attendeva una reazione. Che non tardò molto a venire.

Dapprima, una serie di passi percosse il terreno; poi, a poco a poco, delle urla risuonarono dai gradoni di pietra.

"Quell'uomo ha ragione! Ne abbiamo abbastanza di servire Sayid al Saada!"

"Vogliamo essere liberi!"

Un vecchio dall'aria malaticcia uscì dalla folla e si avvicinò al capo dei ribelli.

"Guarda come sono debole. Il sultano è ricco, e io non ho nemmeno un soldo. Lui vive nell'opulenza, e io non ho cibo per i miei figli. Sono pronto a combattere al tuo fianco."

Additò la folla e, dopo aver posato una mano sulla spalla del mercenario, come se intendesse fargli forza, concluse:

"Anche loro sono con te."

Barricato nel palazzo, al riparo da qualsiasi sguardo, Sayid al Saada aveva ascoltato ogni parola del comandante straniero, sorbendo tutte le frasi come un veleno amaro e letale. Sapeva che ormai il suo destino era segnato. La folla si stava mobilitando contro di lui, e non aveva uomini a sufficienza per sedare i tumulti. Non gli restava che abdicare, nell'attesa di ipotetici rinforzi da parte dei britannici.

Con un gesto di rabbia e sconforto, strappò la spilla che gli chiudeva la tunica – sulla quale campeggiava un leone con un'antilope prigioniera nei suoi artigli – e la tese al consigliere.

"Ecco l'emblema del mio potere. Portalo allo straniero. È il nostro unico modo di aver salva la vita."

Tariq obbedì, sorpreso dalla rapidità con cui il suo signore si era rassegnato ad abdicare. Poi si rammentò come il sultano, in effetti, avesse sempre cercato di evitare i confronti diretti. Lasciò la sala, stringendo la spilla in una mano. Prima di sparire, udì la voce di Sayid al Saada che, senza alcuna collera, pronunciava queste parole:

"Più tardi arriverà la mia vendetta."

Pochi minuti dopo, il consigliere entrò nella piazza della fontana degli elefanti e si fece largo tra la folla sino alla vasca con l'acqua. Quando i ribelli si accorsero che era un dignitario fecero ala al suo passaggio. Arrivato di fronte all'uomo dai lunghi capelli corvini, il comandante di quell'armata, Tariq si fermò e rimase immobile, fissandolo per un lungo momento. Poi, dopo averlo salutato, gli comunicò l'ambasciata:

"Ecco l'emblema di Tabora. Adesso ti appartiene."

Tese la mano, e tutta la piazza poté scorgere il prezioso gioiello che brillava nell'incavo del suo palmo. Il capo dei ribelli avanzò di un passo e se ne impadronì. Poi, con un gesto collerico, lo scagliò al suolo e lo calpestò. La pietra preziosa, imbrattata di fango, si spezzò. Allora l'uomo si rivolse alla folla e, tendendo il pugno verso il cielo, gridò a pieni polmoni:

"Tabora è libera!"

La sua voce risuonò nell'arena, simile a un rullo di tamburi. La pioggia, che era cessata da ore, riprese a martellare il suolo con violenza. A questo punto, un clamore immenso si alzò dalla folla e salì al cielo, come una melopea.

"Evviva l'armata ribelle!"

"Evviva l'uomo che porta la pioggia!"

Poi, dal minareto si levò il canto del muezzin, per annunciare l'ora della preghiera: subito ogni uomo si rivolse a nord, in direzione della Mecca, s'inginocchiò e si prostrò, lodando Allah.

In piedi, circondato da musulmani, il capo dell'armata ribelle ebbe la fugace impressione di possedere un'aura divina.

Ecco come entrò a Tabora l'uomo chiamato Tango Masai.

2

Con un'abile mossa, l'armata ribelle era riuscita a impadronirsi della città senza alcuno spargimento di sangue.

Superato lo stupore dei primi momenti, dopo il raccoglimento e la preghiera, giunse la frenesia. Ovunque, nella piazza e nelle strade, gli abitanti di Tabora presero a cantare e a danzare al suono dei tamburi, osannando il nome del loro liberatore:

"Tango Masai! Tango Masai! Tango Masai! *Allahu Akbar!*"

Assommandosi alla gioia delle celebrazioni per il giorno della nascita del Profeta, l'arrivo del mercenario eccitò la gente sino a renderla protagonista di una folle sarabanda, ebbra di musica e felicità. Alcuni, in uno stato di trance, roteavano su se stessi, schiumando dalla bocca in preda alla vertigine. Fu allora che il comandante dei ribelli comprese di aver vinto: la popolazione si era sempre schierata con Dio – quel Dio che i musulmani chiamavano Allah, e che per i masai aveva il nome di Enk-ai –, e quel giorno l'Essere Divino era stato accanto a lui.

Spaventato dalla piega che avevano preso gli eventi, e temendo per la propria vita, il consigliere Tariq decise di fuggire, scomparendo discretamente tra la folla. In città, nessuno lo rivide, dopo quella notte.

Tango Masai levò lo sguardo in direzione del palazzo e, con passo determinato, si avviò all'incontro con il sultano. Subito la folla assiepò lungo il suo cammino, delimitando una passerella d'onore sino alla gradinata di pietra. Le fiaccole rischiaravano la piazza, i ritmi dei tamburi risuonavano contro i muri, le grida scandite da quei visi scuri conferivano alla scena un'atmosfera strana, come se all'improvviso la follia si fosse impadronita del cuore degli uomini, delle donne e dei bambini, per condurli a un baccanale d'inferno. Nella frenesia dei festeggiamenti, la furia devastatrice si era impossessata di quegli individui, e la voce della ragione non contava più niente. Tango Masai era il loro nuovo signore; alcuni già reclamavano la testa del sultano.

"A morte Sayid al Saada!"

"A morte l'affamatore! A morte il tiranno!"

"Strappiamogli gli occhi e le viscere! Infilziamo la sua testa in cima a un palo!"

"Viva Tango Masai, il nuovo sultano di Tabora!"

Le grida delle donne si intrecciavano alle voci degli uomini, ma il comandante ribelle non ascoltava più. Camminava verso il palazzo, indifferente a quanto accadeva intorno a lui.

Ai piedi della scalinata, si voltò ancora una volta verso i suoi guerrieri, e rivolse loro un ultimo sguardo; poi iniziò a salire i gradini. Giunto alla scalea, dischiuse il portale ed entrò nel palazzo, che sembrava abbandonato – temendo per la propria vita, le guardie avevano probabilmente disertato le postazioni sin dai primi tumulti e si erano rifugiate in qualche recesso dell'edificio.

Senza incontrare alcuna resistenza, Tango Masai percorse un lungo corridoio tappezzato di pellami e si diresse verso l'unica stanza in cui ancora brillava la luce delle torce: la sala del consiglio. Lì, spinse la porta ed entrò.

Il sultano era in piedi di fronte alla finestra, con lo sguardo perso in direzione dell'orizzonte: aveva capito che la sua fine si stava avvicinando. Quando Tango Masai irruppe nella stanza, non tentò neppure la fuga: sapeva di aver perso la partita, ma voleva conservare la propria dignità. Senza voltarsi, continuando a osservare la folla che cantava e danzava attraverso gli interstizi della *musrabiyyah*, dichiarò:

"E così, sei tornato."

Il ribelle avanzò lentamente sino allo scrittoio del sultano; poi si piazzò con i piedi leggermente divaricati e rispose, con voce grave:

"Le avevo detto che, un giorno, sarei tornato. Ebbene, quel giorno è arrivato."

"Il giorno dell'Aid El Mulud. Il giorno della nascita del Profeta. Nel nome di Allah, non hai proprio rispetto di nulla?"

"Sapevo che, in un giorno di festa, nessuno avrebbe temuto un attacco. E che se Enk-ai l'avesse voluto, avrei raggiunto i miei scopi."

Senza distogliere lo sguardo dalla finestra, Sayid al Saada mormorò:

"Sì, certo, Enk-ai. Quasi dimenticavo che sei un masai. Sono passati così tanti anni..."

"Quattro..."

"Già quattro?"

"Il tempo galoppa. E le promesse del passato si devono mantenere."

"Di quali promesse parli?"

"Di quella che le ho fatto prima di andarmene da Tabora."

Tango Masai girò intorno allo scrittoio, si avvicinò alla poltrona del sultano e ne carezzò la superficie vellutata, come per saggiarne la realtà.

"Pensava che non mi avrebbe mai rivisto, eh?"

Adesso Sayid al Saada distolse gli occhi dalla finestra e prese a fissare quell'uomo spuntato dal nulla. Tango Masai non era cambiato. Era pressoché identico: lo sguardo chiaro e determinato, i lunghi capelli neri, il viso affilato, la pelle brunita dal sole e dalla polvere delle strade e dei vagabondaggi. Indossava la stessa uniforme di un tempo; bruciava dello stesso ardore. No, nulla, proprio nulla in lui era cambiato. E gli parve di rivederselo davanti qualche anno prima, il giorno in cui era arrivato a Tabora per la prima volta.

"Mi credeva morto?" Un accenno di sorriso illuminava il volto del ribelle.

Il sultano gli si fece accanto e gli sfiorò il viso con il dorso della mano, come per convincersi di non essere di fronte a uno spirito, ma a una persona in carne e ossa.

"Sì, perlomeno all'inizio... lo credevano tutti, qui. Ho persino dato udienza a testimoni che, sul nome di Allah, hanno giurato di aver visto il tuo cadavere insanguinato. Oppure mi hanno raccontato che eri stato ucciso in battaglia."

"Ma sono vivo..."

"Solo più tardi, ho capito che quegli individui desideravano soltanto spillarmi qualche soldo in cambio di informazioni false. Una buona notizia per il sultano di Tabora era remunerata assai bene. In realtà, sapevo che eri ancora vivo, che stavi da qualche parte nelle pianure del Nord, e che un giorno saresti tornato. Durante tutti questi anni, ho imparato a convivere con il pericolo."

Tango Masai sfiorava con i polpastrelli ogni oggetto a portata di mano. Dopo il velluto della poltrona, si avvicinò al muro e carezzò la punta affilatissima di una lancia appartenuta a un capo dei kikuyu, una tribù del vicino Kenya.

"Ha sentito cosa dice la folla," insinuò, con un sussurro. "Non vogliono più che governi questa città."

Il sultano accennò un riso beffardo.

"La folla è volubile. Oggi ti acclama. Domani ti deporrà."

Si volse verso il mercenario, lanciandogli un'occhiata torva.

"Con le tue azioni, stai rischiando molto, Tango."

"La vita è un rischio. Io non faccio che viverla."

"Cosa sei venuto a fare a Tabora?"

"Sono venuto per ottenere ciò che rivendico da tempo: la libertà e la democrazia per il popolo."

"Non sei piuttosto venuto a prendere il mio posto? Ricordo perfettamente i tuoi sogni di grandezza. Eri giovane, allora, ma già molto ambizioso."

"Non sono qui per me stesso, anche se... Sì, è vero, sono pronto ad assumere la carica di sultano: per tutto il tempo necessario agli abitanti di Tabora per edificare la propria libertà. In qualsiasi caso, di certo, per lei il gioco finisce qui."

Il sultano fu percorso da un brivido. Il suo regno era in pericolo, al pari della sua vita. Ma era troppo tardi per reagire.

"E così sei venuto a rubare ciò che sognavi di possedere: un titolo, la gloria, il potere. E per avere tutto ciò, hai bisogno che io muoia."

Per qualche istante, rimase in uno stato di prostrazione; poi, reputando inutile mostrare al nemico tutta la propria debolezza, si riebbe. Con un ultimo sforzo, sollevò il capo e rivolse al ribelle uno sguardo carico d'odio, con gli occhi arrossati.

"Per colpa tua, ho perduto il mio titolo, la mia città, il mio onore. Ma se devo perdere la vita..."

Tango Masai lo interruppe con un gesto della mano:

"Se è questo che teme, stia tranquillo. Non ho intenzione di ucciderla. Non appena avremo finito qui, sarà libero di lasciare la città e andarsene dove più le aggrada. Dietro al palazzo, c'è un cavallo che la aspetta."

Il sultano sembrò sollevato, ma il sollievo fu di breve durata.

"Prima di partire, però," proseguì il mercenario, "le chiedo di firmare un documento che mi sono preoccupato di redigere. Così saremo a posto."

Gli presentò il rotolo di pergamena che aveva letto alla folla qualche momento prima. In fondo a destra, campeggiava questa lapidaria formula, scritta con lettere color sangue:

Io sottoscritto Sayid al Saada, sultano di Tabora, decido di lasciare la mia carica a partire da oggi e, su esplicita richiesta del popolo, per evitare un'inutile carneficina e perché la pace continui a regnare sulla mia città, nomino al mio posto il capo dell'armata ribelle Tango Masai.

Tabora, il 28 aprile 19..

Poiché Sayid al Saada sembrava esitare, il ribelle incalzò:

"Là fuori, la folla comincia a spazientirsi. Temo che i miei uomini non riusciranno a tenerla tranquilla ancora per molto. Posso rispondere della sua sicurezza solo a patto che lei collabori. In caso contrario, come può ben capire, non sarò in grado di impedire a quegli individui di placare la propria sete di vendetta..."

Senza proferire parola, Sayid al Saada s'irrigidì contro lo schienale della poltrona sulla quale si era seduto.

"Dal momento che non mi lasci scelta..."

Prese una penna, la intinse nell'inchiostro nero e appose la propria firma in calce al documento. Poi si alzò, radunò i suoi oggetti e si preparò a lasciare il palazzo. Prima di andarsene, si voltò verso Tango Masai e disse:

"Oggi hai vinto, ma temo che la tua vittoria sia effimera."

Una pausa. Poi, con voce roca, aggiunse:

"Ancora una cosa, Tango Masai. Adesso sei nelle mani di Allah e dei britannici. E posso garantirti che quando Dio e gli inglesi sapranno che cosa hai fatto, uniranno le loro forze contro di te e renderanno la tua vita un inferno."

"Non si preoccupi per me," replicò il mercenario. "Forse il mio destino è quello di morire nelle tenebre africane. Comunque, non temo né Dio né gli inglesi."

Sorpreso da queste parole sacrileghe, per un istante Sayid al Saada vacillò.

"Se la prendi così, non posso fare davvero nulla per te. Sei perduto per sempre."

Con un gesto ampolloso si sistemò la stola intessuta di fili d'oro che portava al collo e, dopo aver rivolto un ultimo sguardo all'uomo che lo aveva appena destituito, abbandonò il palazzo da una porta secondaria.

Tango Masai attese alcuni istanti; poi fece ciò che aveva sempre sognato di fare: si sedette sulla poltrona del sultano e, senza smettere di ascoltare la folla che giù nella piazza scandiva il suo nome, per lunghi minuti assaporò la vittoria.

Il clamore della folla cresceva man mano che avanzava la notte. Le grida e i canti si levavano sino alle stelle che il cielo, ormai lavato dalla pioggia, svelava a una a una. I soldati si sforzavano di contenere quella gente scatenata agli ingressi del palazzo: bisognava calmarne gli ardori, evitare i saccheggi.

Sangani, il guerriero masai, era in piedi accanto alla portantina, con una lancia stretta in una mano. Aspettava, tranquillo.

A un certo punto, dal palanchino si levò una voce di donna: "Sangani, credi che io possa finalmente uscire?"

"Non ancora," rispose il guerriero, voltandosi verso la sagoma che si stagliava dietro la tela, un'ombra che la tremula luce di una lanterna rendeva incerta come una foglia in balia del vento.

"Sono stufa di stare qui dentro. Una portantina è un mezzo scomodissimo per un viaggio come questo. La pioggia ha inzuppato la tela ed è passata attraverso, e ora sono zuppa fino al midollo..."

"Pazienta ancora, Meeyu. Tango dovrebbe arrivare a momenti, e allora potrai..."

Sangani s'interruppe di colpo, perché un immenso clamore si alzò dalla piazza della fontana degli elefanti.

Alla sommità della grande scalinata di pietra, era comparso Tango Masai, con la sciabola in pugno. Levò le braccia al cielo, e tutti capirono che aveva avuto successo.

"Vittoria! Ci siamo liberati per sempre di Sayid al Saada!"

"Gloria al nuovo sultano!"

Nei pressi della portantina, Sangani si chinò verso l'ombra nascosta dietro la tela e mormorò:

"Presto potrai uscire, Meeyu. Non c'è più nulla da temere. La città è ormai nelle nostre mani, e credo che..."

Non fece in tempo a terminare la frase. Tango Masai si avvicinò al palanchino e, con un gesto brusco, ne sollevò la tenda. Improvvisamente apparve un volto, illuminato di sbieco dalla luce delle fiaccole. Il volto di Meeyu.

Era una giovane masai di carnagione scura, snella, elegante, di indescrivibile finezza. Aveva gli occhi neri, lo sguardo sincero, gli zigomi prominenti. Le sue trecce apparivano tinte con l'ocra e la diatomite, la terra con cui le donne masai si ornavano per le cerimonie. Al collo, portava una collana di perle bianche, in mezzo alle quali scintillava una pietra preziosa tagliata a triangolo: le sue facce brillavano di tre colori diversi. Una era blu, un'altra porpora, e la terza di un nero profondo. Una tanzanite di valore inestimabile.

"E così, ecco Tabora!" disse la giovane, lasciando vagare uno sguardo sprezzante tutt'intorno. "Non è granché."

Poi, indifferente a tutti quegli uomini intenti a divorarla con gli occhi, avanzò verso la scalinata di pietra, salì i gradini con passo maestoso e scomparve nelle profondità del palazzo.

Tango Masai la seguì, imitato da Sangani e dall'armata dei guerrieri rossi.

Alla fine tacquero i canti e le grida, e la folla si disperse nella notte. Tutti lasciarono la piazza della fontana degli elefanti e tornarono a casa, consci che Tabora aveva vissuto momenti davvero preziosi, ore che nessuno avrebbe mai dimenticato.

Tango Masai decise di riposarsi, e si diresse verso gli appartamenti privati di Sayid al Saada.

In una stanza, l'aspettava Meeyu, sdraiata sul letto, già mezzo assopita. Un bastoncino aromatico si consumava lentamente su un tavolino di mogano, spandendo nell'aria un gradevole profumo di menta piperita, incenso di Giava ed eucalipto.

Senza proferire parola, Tango si svestì dell'uniforme e si sdraiò accanto alla donna. Fece scorrere lo sguardo sull'arredamento della stanza: ai piedi del letto e alle pareti c'erano pelli di leone, bufalo e gnu. Sui mobili, troneggiavano piccoli animali di legno di rosa – elefanti, testuggini, gazzelle, cobra, coccodrilli, camaleonti, scimmie, orici e pantere. Alcuni sembravano vivi e pronti al balzo. Un vero e proprio serraglio in miniatura.

Si rilassò per qualche minuto, osservando quei tesori del sultano e tentando di convincersi che tutto ciò ormai gli apparteneva. Poi, dato che Meeyu – stremata – già dormiva come una bambina, decise di consegnarsi al sonno, e chiuse gli occhi sui suoi sogni di grandezza.

Si svegliò che era ancora buio. Si alzò senza far rumore, si avvicinò alla finestra, osservò il cielo stellato e respirò a pieni polmoni l'aria fresca che la pioggia si era lasciata alle spalle. Avvertiva un tale bisogno di libertà che quelle quattro pareti gli sembravano opprimenti. Per molti mesi aveva dormito sotto le stelle, e così il fatto di risvegliarsi in un letto adesso lo indisponeva tremendamente. Sapeva che non si sarebbe più riaddormentato; decise di aspettare l'alba contemplando la città.

Quando il primo raggio di sole le carezzò la guancia, Meeyu si destò. Le sue palpebre sfarfallarono per qualche istante; poi aprì gli occhi e scoprì che Tango era in piedi davanti alla finestra: la sua sagoma sembrava appoggiata contro il cielo immenso, ancora rossastro. Si alzò, andò da lui e gli cinse la vita con un braccio. La tanzanite – quella pietra da cui non si separava mai – le brillava al collo come una lingua di fuoco.

"Finalmente sei sveglia, sultana di Tabora."

"Sì. Ma non chiamarmi così. Il mio nome è Meeyu."

Tango la osservò, sorpreso.

"Ah! Forse non ti piace questa città?"

"No. Mi fa paura."

"Cosa? La sua gente?"

"No, non la conosco."

"Questo palazzo?"

Voltò il capo per guardarlo in faccia; sostenne il suo sguardo.

"Mi sembra freddo. Freddo e austero."

"Cosa preferiresti, allora?"

Gli posò una mano sulla nuca e lo trasse a sé.

"Te. Solo te."

Lo baciò. Tango non oppose resistenza. Comunque, c'era qualcosa che lo lasciava insoddisfatto.

"Meeyu, tesoro. Devo restare a Tabora il tempo necessario per portare a compimento questa missione. Ma poi – te lo prometto – la smetterò con questa vita di vagabondaggi: torneremo ad abitare vicino a tuo padre."

La giovane lo fissò con una tristezza indefinibile. "Vorrei crederti... Ma non sono affatto sicura che tutto andrà secondo i tuoi desideri."

"E perché?"

"Conquistare Tabora è stata una follia. Gli inglesi potrebbero intervenire in qualsiasi momento e porre sotto assedio la città. Chi ti dice che non si tratti di una trappola? Temo che, in tal caso, i tuoi mercenari non ci metterebbero molto a piantarti in asso. Ti ritroveresti solo ad affrontare un esercito che vuole soltanto la tua morte. E quando soccomberai ai proiettili britannici, cosa avrai guadagnato? Quella condizione di fantasma che la gente già ti attribuisce?"

"Io non sono un fantasma."

"Se continui a rischiare così, finirai per diventarlo. E allora ti perderò per sempre."

"Sono vivo, Meeyu. E sai perfettamente che gli inglesi non sono mai riusciti a costringermi alla resa."

"Forse hai ragione. Ma ho paura per te."

Tango la prese fra le braccia e la strinse a sé, come per tentare di rassicurarla.

"Non mi serve alcuna protezione. Posso difendermi da solo."

"Temo che tu sia perduto per sempre."

L'uomo la fissò, sbalordito.

"Parli come Sayid al Saada."

"Allora forse ha ragione lui. Tutto questo è inutile e pericoloso."

Un lungo silenzio li riavvicinò.

"Non ingannarti, Meeyu. Chi non rischia nulla, resterà sempre nessuno. Io porterò a termine la mia missione, costi quel che costi. Te lo giuro. Perché, al di là della libertà, io faccio tutto questo perché ti amo."

Ammutolita, la giovane rovesciò la testa all'indietro, con un sorriso sulle labbra.

"Sei pazzo, Tango. Completamente pazzo. Ma è anche per questo che ti amo."

Non riuscì a continuare. Tango avvicinò il volto a quello di Meeyu e la baciò.

"Non sono pazzo," disse, stringendola forte. "Anzi, penso di essere l'unico individuo sano di questo paese. Voglio soltanto donare a tutti la giustizia e la libertà. Ma, per imporre la mia volontà, mi serve il potere. E per avere il potere, mi serve Tabora."

Poi, lentamente, la fece distendere, si sdraiò sul suo corpo nudo e penetrò in lei.

Al pianterreno del palazzo, i guerrieri masai, fiaccati dalla tappa forzata del giorno precedente, assaporavano il riposo.

Fuori, nei quartieri dalla città, persino i cani non osavano abbaiare.

Tabora si stava svegliando in silenzio ai primi assalti del sole.

3

Il giorno successivo alla presa di potere il nuovo sultano di Tabora organizzò un grande banchetto per festeggiare la vittoria.

Il maltempo era cessato, e il sole – alto nel cielo – aveva già asciugato le ultime pozze di acqua piovana.

Sulla piazza della fontana degli elefanti i guerrieri di Tango Masai allestirono un braciere enorme, accesero un fuoco degno dell'inferno e infilzarono sugli spiedi una ventina di montoni, facendoli cuocere per l'intera mattinata. Il profumo della carne che sfrigolava sopra le braci si spandette per la città, agendo come un richiamo: ben presto, a gruppetti, arrivarono tutti gli abitanti di Tabora, con le narici impazzite, gli occhi ancora offuscati dal sonno, increduli di fronte a uno spettacolo a cui non erano decisamente abituati.

Sotto il tendone che di solito ospitava le bancarelle del mercato erano stati approntati lunghi tavoli, sui quali si accumulavano appetitosi piatti di carne fumante condita con salse, giare di vino e di idromele. Al centro della piazza gli spiedi ruotavano a pieno regime. Sullo spianato di terra battuta erano stati stesi tappeti, stoffe e cuscini per riposarsi o mangiare più comodamente.

"Venite, venite tutti!" diceva Sangani, invitando i passanti con un cenno della mano. "Questo banchetto è per voi! Tango Masai ve lo offre in segno di amicizia, per celebrare degnamente la conquista della città."

A poco a poco i sorrisi illuminarono i volti della folla. Un vecchio prese la parola, subito imitato da altri cittadini.

"Di sicuro, Sayid al Saada non ci avrebbe mai offerto simili libagioni."

"No di certo! Aveva piuttosto l'abitudine di alzare le tasse e di affamarci! In trent'anni di governo non l'ho mai visto offrire anche un solo dattero a un povero."

"Fortunatamente, da ieri le cose sono cambiate, a Tabora. Sia lode ad Allah!"

Ogni persona portò qualcosa delle vivande che possedeva – tè, latte di capra, gallette di grano o di mais, frutta, fagioli, sale, spezie, dell'acqua fresca – e si unì alla festa. Seduti all'ombra, i combattenti dell'armata ribelle e la popolazione di Tabora, finalmente insieme, celebrarono e festeggiarono in un indescrivibile clamore di voci.

Quando, un po' più tardi, Tango Masai apparve in cima alla scalinata del palazzo, improvvisamente scese il silenzio sulla piazza. Poi si levarono alcune voci:

"Viva Tango Masai! Viva il liberatore di Tabora!"

Per la seconda volta nel giro di poche ore, la folla lo acclamava. Ma in questa occasione non ci fu alcun discorso. Il ribelle non ne aveva bisogno: ormai tutti erano già votati alla sua causa. Scese la scalinata, attraversò la piazza e raggiunse la gente festante.

Sangani gli porse una scodella e una coppa di idromele. Il mercenario la sollevò e gridò:

"Brindo alla salute di Tabora!"

Tutti lo imitarono levando i calici, felici di vedere nel loro nuovo capo un vero uomo – un sultano che condivideva le loro vite da pari, senza imporre atti di sottomissione e protocolli.

Tango Masai si sedette su un tappeto, tra la gente, e mangiò un po' di carne e di frutta, invitando i presenti a servirsi di quei cibi. Rimase lì a lungo, consumando tranquillamente il pasto in mezzo alla folla di uomini e donne, servi e guerrieri, commercianti e notabili, sui quali aveva ormai il diritto di vita e di morte. Quel nuovo potere lo inebriava, e lui ne respirava a pieni polmoni, assaporandolo come si gusta un liquore forte: si sentiva pervaso dall'ebbrezza e pensava con rammarico al momento in cui avrebbe dovuto lasciare la piazza e tornare a palazzo.

Dopo il banchetto una ragazza dai capelli neri intonò un canto in swahili, presto imitata da qualche donna più anziana. Alcuni uomini presero ad accompagnarle battendo le mani; un vecchio rinsecchito iniziò a suonare un tamburo. Tango Masai capì che quel canto era stato composto in suo onore e tesseva le sue lodi. Lo ascoltò, rapito; poi, quando scese il silenzio, si alzò, si avvicinò alla giovane e le donò alcune monete d'oro. Quindi si rivolse a tutti i presenti:

"Lasciate che me ne vada, adesso. Continuate senza di me. Mangiate e bevete a sazietà. Rimettetevi in forze. Divertitevi. Voglio che oggi sia un giorno di festa!"

Subito la folla lo acclamò, e la musica riprese. Dopo aver salutato con un gesto della mano, chiese a Sangani di seguirlo. Lasciò la piazza e fece ritorno a palazzo, dov'era atteso dal suo primo consiglio.

Nella sala, ad aspettarlo, c'erano circa venti notabili, seduti in cerchio. Erano quelli che avevano scelto di restare, di non fuggire come Sayid al Saada o il suo primo consigliere Tariq. Immaginando l'impazienza con cui i personaggi eminenti della città attendevano di sapere cosa sarebbe accaduto, Tango Masai li aveva convocati per le prime ore della mattina, inviando un messaggero nelle varie case, chiedendo a ciascuno di essi di presentarsi a palazzo in quel giorno solenne. Non tutti avevano risposto alla chiamata, per timore o per spirito di rivolta, probabilmente con l'intento di dimostrare la loro opposizione a quella presa di potere. I più paurosi avevano pretestuosamente addotto una conclamata incapacità di muoversi, un malanno improvviso, una circoncisione, un matrimonio, un funerale imprevisto. Malgrado ciò, erano presenti venti uomini, che avevano atteso con ansia l'arrivo del mercenario.

Fra loro esistevano due fazioni contrapposte. La prima, composta dagli oppositori di Sayid al Saada, era capeggiata da un vecchio pastore, Bakubé, che si muoveva sempre insieme al suo gregge di capre. Per la giornata, l'aveva lasciato alle porte della città, affidandolo alle cure di un contadino, nell'attesa di riprendere il cammino verso le terre dell'Est, nelle quali la sua tribù, i korogwe, conducevano una vita nomade – da anni, essi rivendicavano la proprietà di quelle terre, e ciò aveva scatenato il conflitto con il precedente sultano.

Bakubé era vestito di una semplice tunica blu, e come unico bagaglio – e unica arma – aveva un bastone da viandante, dal quale non si separava mai, e una copia del Corano, le cui pagine erano state lette e rilette, palpate e carezzate sino all'usura. Era alto, magro e nodoso; il suo sguardo chiaro contrastava con il bruno del viso. La sua pelle, rugosa come quella di una tartaruga, appariva segnata e scurita dal vento e dal sole.

L'altra fazione – che, in un certo senso, rappresentava la guardia pretoriana del vecchio sultano – aveva come portavoce un uomo alto e massiccio di nome Hongo. Hongo giocherellava con un passatempo: lo sgranava fra le dita con una destrezza sbalorditiva, producendo una sorta di melodia continua e martellante, sulla quale ritmava sortilegi e invocazioni. Indossava una tunica cucita con pelli di procavie, che riservava alle grandi occasioni, e sandali di cuoio; dal collo, dai polsi e dalle caviglie gli pendeva una moltitudine di collane e bracciali di perle. E, come se questi simboli esteriori di potere non fossero sufficienti, una vistosa cicatrice gli solcava la fronte, testimone di un'artigliata di leone – andava fiero di quella cicatrice, e si rasava il cranio per farla risaltare maggiormente. Alla cintura, portava un pugnale, la cui lama affilatissima brillava di una luce sfavillante: era il tipico emblema dei guerrieri più temibili. Infine, quasi a voler perfezionare quella messinscena e manifestare a tutti la propria forza, le sue tempie rivelavano tratti di pittura ocra e bianca.

Per ingannare l'attesa, i notabili discutevano in swahili della carestia che imperversava nelle loro terre, della benevola pioggia giunta dopo mesi di siccità, dell'imminente guerra. Tuttavia, gli appartenenti a ogni fazione mantenevano le proprie posizioni: stavano in guardia, all'erta, limitandosi ad annuire alle parole degli altri, senza contraddirli. In qualche modo, si trattava di uno scambio di cortesie, prima di passare a confrontarsi su cose serie.

All'arrivo del nuovo sultano, tutti lo salutarono chinando il capo, in un silenzio rispettoso. Tutti tranne Hongo, che si limitò a fissarlo con i suoi occhi nerissimi.

Tango Masai capì subito di avere a che fare con un uomo importante.

"Chi è quell'individuo?" chiese a Sangani, in disparte.

Il compagno d'arme si protese verso di lui e gli rispose sottovoce:

"È Hongo, il capo delle tribù dell'Ovest. È un *laibon.*"

Era uno sciamano. Nel linguaggio masai il termine *laibon* designa un indovino temuto e rispettato. Uno stregone dotato di poteri immensi, che padroneggia i segreti della magia e sa interpretare i segni del destino e leggere i sogni.

Hongo in swahili significa "serpente nero": il rettile che colpisce senza alcun preavviso, il cui morso è letale. Ecco il nome di quell'uomo dallo sguardo di ghiaccio: un individuo che visibilmente non aveva alcuna considerazione per Tango Masai.

"Quello che gli sta di fronte, invece..." proseguì Sangani, sempre a voce bassa, "quello è Bakubé, il pastore. È l'unico che potrebbe schierarsi al nostro fianco."

Dopo aver ringraziato il compagno con un cenno del capo, il nuovo sultano percorse con lo sguardo l'assemblea, e comprese di trovarsi in territorio ostile. Negli occhi degli astanti lesse la sfiducia, talvolta la paura, spesso il disprezzo. Solo Bakubé aveva continuato a rivolgergli un pallido sorriso, che scomparve non appena si accorse delle occhiate ostili della fazione avversa. Tango Masai capì allora che non aveva ancora riportato alcuna vittoria, e che avrebbe dovuto conquistare quegli uomini a uno a uno, per ottenere la legittimità che adesso non possedeva.

Avanzò e li salutò – anch'egli con un inchino –, e prese posizione di fronte al semicerchio che avevano formato, in modo da poterli osservare tutti, senza voltare le spalle a nessuno.

"Signori, vi ringrazio di aver risposto al mio invito. Oggi è un grande giorno, e io voglio che tutti condividano la mia gioia. Ringrazio Dio per la vostra venuta: è qualcosa che mi rende molto felice."

Silenzio di tomba. Solo una mosca volteggiava e ronzava sopra le loro teste, indifferente alla tensione che aleggiava nella sala del consiglio e gravava sulle spalle dei presenti come una pesante cappa di piombo.

"Come ben sapete, vi ho chiesto di venire a palazzo per una ragione ben precisa: Sayid al Saada non è più il sultano di Tabora."

Una breve pausa. Il viso di Bakubé si rischiarò di colpo, come se l'uomo si fosse liberato di un grave fardello.

"Finalmente," disse.

Poi, quasi rammaricandosi di essersi lasciato sfuggire queste parole, tacque di nuovo e s'impietrì.

Dopo aver gettato un rapido sguardo all'assemblea, Tango Masai proseguì:

"Prima di andarsene, Sayid al Saada mi ha nominato sultano. Ho qui il documento che lo prova, firmato di suo pugno: con esso, egli mi indica come suo successore."

Certo dell'effetto del gesto, trasse di tasca la pergamena e la porse all'uomo seduto alla sua destra. Questi, un alleato di Bakubé, esaminò la firma, annuì e, tendendo il documento al proprio vicino, disse: "Non so leggere, ma riconosco la firma di Sayid al Saada. Dio solo sa quante volte l'ho vista."

La pergamena passò rapidamente di mano in mano, e tutti la lessero scuotendo il capo. Tutti tranne Hongo, che non volle neppure gettarvi uno sguardo. Agitando le mani, fece tintinnare i braccialetti di perle e dichiarò con disprezzo:

"È soltanto un pezzo di carta. Ai miei occhi non ha alcun valore."

"Ai tuoi occhi, forse," ribatté Bakubé, "ma ai miei vale quanto ogni altro documento ufficiale. È firmata da Sayid al Saada. E nessuno può ignorare le sue decisioni. Qui dice che cede i propri incarichi a quest'uomo."

Hongo aggrottò la fronte. Per niente impressionato – trattava spesso con Sayid al Saada, e aveva persino stretto amicizia con alcuni ufficiali britannici di stanza a Dodoma –, si alzò e, puntando il dito contro il nuovo sultano, lo ingiuriò, deciso a incitare alla rivolta i presenti:

"E chi sei tu, straniero, per pretendere di diventare il sultano di Tabora? Chi ti ha dato il diritto di mandar via Sayid al Saada? Perché lo so – lo sappiamo tutti – che lo hai cacciato, costringendolo alla fuga. La volontà di Allah non c'entra nulla con tutto questo. Sei soltanto un usurpatore, un ribelle, un despota. Hai rubato il tuo titolo. Ed ecco che da ieri la peste si è abbattuta sulla città!"

Gli occhi di Hongo saettavano collera e odio. Il ribelle aveva previsto quella mossa: era perfettamente a conoscenza che tutti coloro che avevano beneficiato della generosità di Sayid al Saada e avevano intrattenuto relazioni commerciali con lui sarebbero stati difficili da convincere.

"Anche se magari non ti piace, il mio nome è Tango Masai, e sono venuto per liberare Tabora e instaurare la democrazia. Di certo, non intendo esserne il tiranno, come il vecchio sultano. Del resto, io ho una sola parola: quando avrò raggiunto lo scopo che mi ha portato qui, cederò il posto a un consiglio di saggi che agirà in nome del popolo, e me ne andrò."

"Che popolo? I masai, che tu rappresenti, oppure i nyamwezi, ai quali appartiene questa terra?"

Tango si aspettava una domanda di questo genere, e rispose:

"Credo che tutti gli abitanti – quale che sia la loro etnia – possano sedere nel consiglio di governo che intendo organizzare: i masai e i nyamwezi, senza dimenticare gli iraqw, i rimi, i range, i burunge, i korogwe e tutte le altre tribù che vivono in questa regione. Voglio portare la libertà in questa città. Solo dopo averlo fatto, me ne andrò da Tabora."

"E cosa pensi di fare con i britannici?"

Il mercenario rimase in silenzio per un attimo, poi disse:

"Non ho intenzione di interpellarli. Gli inglesi non avranno alcuna voce in capitolo riguardo al mio progetto di riforma politica."

"E se vengono a sapere della tua presenza qui e decidono di assediare la città?"

"Allora, gli dichiarerò guerra."

Il volto di Tango Masai restò imperturbabile persino mentre pronunciava parole gravide di conseguenze come quelle. Non aveva battuto ciglio. Al contrario, l'assemblea, colta alla sprovvista, non poté reprimere lo stupore. I notabili si scambiarono sguardi prima costernati, poi corrucciati.

"Dichiarare guerra ai britannici?"

"Con quali forze? Con che esercito?"

"Non ti illuderai di poter dar scacco alla Corona con la tua banda di mercenari?"

"Hai idea di cosa significhi combattere contro un esercito di soldati armati fino ai denti?"

"Nel nome di Allah, quest'uomo è pericoloso! Ancora più degli inglesi e del maggiore Welton!"

"Dichiarare guerra? Significherebbe firmare la nostra condanna a morte."

Il nuovo sultano alzò stancamente una mano.

"La battaglia non è ancora cominciata, e già voi pensate alla sconfitta. Vi credevo più valorosi. Mi deludete terribilmente."

Bakubé, il più saggio, prese allora la parola.

"Devo confessare che, per una volta, Hongo ha ragione. Come pensi di sconfiggere gli inglesi, qualora decidessero di scacciarti da Tabora? Hanno fucili e truppe in gran numero. Con la tua miserabile armata non resisteresti neppure ventiquattr'ore."

"Il popolo è con me. E con l'aiuto di Dio, ce la farò!"

"Il popolo sta sempre dalla parte del più forte," tuonò Hongo. "Ma Allah sa cosa è giusto e cosa non lo è. Un'eventuale sollevazione popolare durerebbe soltanto fino all'intervento delle truppe del maggiore Welton. Poi i rivoltosi si disperderebbero come un nugolo di moscerini, e ti ritroveresti solo. Solo con te stesso e la tua follia."

Un silenzio prolungato, che sembrò eterno.

"Ci penseremo a tempo debito," disse infine Tango Masai. "Gli inglesi non sono ancora arrivati. Nel frattempo, vi chiedo di annunciare a tutto il paese che c'è un nuovo sultano a Tabora, e che il suo nome è Tango Masai."

Poi, come a parte, si rivolse al *laibon*:

"Non preoccuparti, Hongo. Durante il mio governo, godrai ugualmente dei privilegi che ti sono stati concessi dal sultano precedente. E se mi accordi il tuo appoggio, sarai lautamente ricompensato. Siederai nel consiglio di saggi che conto di organizzare. Presto verrà l'ora della libertà."

Hongo ribatté:

"Parli di libertà, ma di quale libertà si tratta? Quella dei tuoi guerrieri che sono pronti a dare la vita per te, e che ricompensi con il denaro rubato alle tue vittime? Oppure quella della gente di Tabora, che adesso è soggetta al tuo potere? O quella dei poveri, che pretendi di liberare dalla miseria, nominandoti – tu, un usurpatore – nuovo sultano?"

Questa osservazione fece calare il gelo sull'assemblea. Tango Masai, però, non accusò il colpo, non si scoraggiò. Sostenne con fierezza lo sguardo di Hongo e rispose, con voce carica d'ira:

"Lo faccio per la grandezza di questa città. Per la gloria e la potenza di Tabora. Lo faccio per tutti coloro che vivono qui, e che vogliono continuare a viverci con dignità. Lo faccio per il mio popolo, i masai, che sono ormai stanchi di vivere sotto il giogo dei sultani e degli inglesi. E se oggi io ricopro la carica di sultano, è soltanto perché nessuno prima di me ha avuto il coraggio di radunare un'armata, condurla sin qui e rovesciare il tiranno. Nessuno!"

Improvvisamente accecato dalla collera, sottolineò l'ultima frase con un violento pugno sul tavolo.

"Ora, se qualcuno contesta questa presa di potere e la giudica illegittima, lo dica subito e lasci per sempre il consiglio."

Passarono alcuni secondi. Nessuno si mosse.

"Molto bene. Poiché le cose stanno così, per oggi dichiaro chiusi i lavori. Avete appena confermato ufficialmente la mia nomina a sultano di Tabora. Resterò in carica finché non verrà designato un consiglio di saggi che mi sostituirà."

Tango Masai si alzò di scatto e, con un cenno della mano, congedò l'assemblea. Guidati da Bakubé, i notabili lasciarono il palazzo e si affrettarono verso la moschea: era l'ora della preghiera. Solo Hongo, il "serpente nero", tardò ad andarsene. Prima di uscire, rivolse un ultimo sguardo al sultano, e sibilò fra i denti alcune parole incomprensibili. Poi, avvolgendosi nella tunica cucita con pelli di procavie, lasciò la sala.

"Cos'ha detto?"

Sangani aspettò che Hongo fosse sufficientemente lontano e non potesse sentire, poi disse:

"'Prima che siano passati dieci giorni, non sarai più sultano.'"

"Si sbaglia. Credo che sia impossibile nominare un consiglio in un tempo così breve."

"No, non intendeva dire questo."

"Cosa voleva dire, allora?" si spazientì Tango Masai.

"Che morirai prima che siano passati dieci giorni."

4

Fuori, nella strada, mentre i suoi guerrieri sembravano decisi a protrarre la baldoria sino alle prime luci dell'alba, Tango Masai attese i notabili all'esterno della moschea, per accompagnarli alle mura della città.

Quando arrivarono alla Porta di Giada, e Bakubé vide il suo gregge, un sorriso gli si dipinse sul volto. Dopo aver salutato tutti, si rivolse a Tango Masai e gli sussurrò all'orecchio:

"Temo che il tuo compito sarà molto difficile. Penso che Hongo utilizzerà tutte le armi in suo possesso per sbarrarti la strada. Ma sappi che ogni giorno pregherò per il tuo successo. L'istituzione di un consiglio di saggi per governare Tabora mi sembra una splendida idea."

Il sultano gli fu grato dell'appoggio e gli confidò:

"Qualunque cosa possa accadere, provvederò affinché ti sia affidato il controllo del consiglio. Senza dubbio, sei la persona più meritevole di presiederlo nell'intera città."

Bakubé lo ringraziò con un inchino e una mano sul cuore e, impugnando il suo bastone da viandante, si accinse a incamminarsi sulla strada del ritorno.

Hongo, invece, montò a cavallo e lanciò a Tango Masai un ultimo sguardo carico di disprezzo, ansioso di tornare nelle rosse terre del Paese della Luna. Era sul punto di andarsene senza salutare nessuno quando una nuvola di polvere offuscò l'orizzonte. Tutti i presenti volsero lo sguardo a nord, e presto scorsero un cavaliere lanciato al galoppo.

"Disgrazia! Una tremenda disgrazia!" gridò l'uomo.

"Cos'è accaduto?" chiese Tango Masai, riconoscendo l'esploratore che aveva lasciato di pattuglia sulla strada per Mwanza. "Di che disgrazia parli?"

Senza neppure smontare di sella, il cavaliere annunciò:

"Sayid al Saada è morto."

Un senso di terrore s'impossessò dei presenti.

"Che stai dicendo?" domandò Bakubé.

L'esploratore si adoperò per calmare il proprio cavallo, che ansimava e schiumava dalla bocca dopo la sfrenata corsa attraverso la pianura.

"Il corpo di Sayid al Saada è stato rinvenuto sulla riva di un acquitrino," spiegò. "Giaceva disteso bocconi, totalmente dissanguato, con il cranio fracassato."

Dal gruppo di notabili si levò subito un coro di lamenti:

"Per Allah onnipotente!"

"Oddio, che orrore!"

"Era inevitabile che accadesse!"

"Che crimine tremendo!"

"Possa il castigo divino abbattersi sui responsabili di un simile atto; le loro famiglie siano maledette per sette generazioni!"

Alcuni presero a implorare il cielo, a straziarsi il viso con le unghie: sembrava una gara a chi offriva la dimostrazione più convincente della propria disperazione.

"Dov'è stato ritrovato?" chiese Bakubé, che era rimasto impassibile nonostante la gravità della notizia.

"Dalle parti di Igalula, sulla strada per Dodoma, a un'ora di cavallo verso est. Dopo aver trovato il corpo, i contadini lo hanno subito portato al villaggio e hanno iniziato i riti funebri."

Tango Masai avanzò.

"Se le cose stanno così, dobbiamo immediatamente recarci laggiù, per vedere con i nostri occhi se tutto ciò corrisponde al vero. Tu, invece..." disse, rivolgendosi all'esploratore, "va' a palazzo e avverti Meeyu dell'accaduto. Riposati, se ne hai bisogno, e aspetta il nostro ritorno."

Fu uno strano corteo, quello che entrò nel villaggio di Igalula, sulla strada per Dodoma: mise in fuga i cani e le greggi, e costrinse i bambini a cercare rifugio nelle capanne.

In groppa al suo cavallo baio, scortato da Sangani, Hongo, Bakubé e da qualche altro notabile di Tabora, Tango Masai raggiunse rapidamente la piazza principale, dove un gruppo di donne attendeva il suo arrivo, fra canti e lamentazioni.

Erano sedute in cerchio intorno a un feretro, nel quale era adagiato il cadavere di Sayid al Saada. Una di esse – di certo, la più anziana – era in piedi, silenziosa: stava officiando un rito funebre e aspergeva il corpo del defunto con un turibolo d'incenso che reggeva in una mano.

Tango Masai si appressò al cerchio e, senza neppure smontare da cavallo, vide che il morto era inequivocabilmente Sayid al Saada. Il corpo massiccio, la tunica, la barba, i lineamenti del viso... ogni elemento di quella persona era facilmente riconoscibile. Poi, avvicinandosi, notò che la tempia sinistra del cadavere era segnata da una profonda ferita rossastra, dalla quale dovevano essere scivolati via il sangue e la vita.

Il mercenario si soffermò a lungo a contemplare il corpo esangue del sultano; gli rese un ultimo, silenzioso omaggio e volse lo sguardo verso la vecchia. Stava per rivolgerle la parola quando Sangani, di scatto, gli si fece accanto e lo fermò, afferrandogli un braccio.

"Lascia che sia io a parlarle. La conosco. È Nalamai, una strega masai."

Il guerriero dalla tunica rossa si avvicinò alla donna, la salutò, e i due iniziarono una lunga conversazione sottovoce. La vecchia annuiva, come se intendesse approvare le parole di Sangani, senza smettere di spandere l'incenso e masticare un'erba selvatica che aveva il potere di allontanare gli spiriti maligni. Accanto a lei, le prefiche continuavano a straziarsi e a salmodiare orazioni funebri. Dopo un po', quando comprese che l'anziana donna non poteva dargli altre informazioni utili, l'uomo ringraziò Nalamai, le porse una moneta e si voltò verso i compagni.

"Allora?" chiese Tango Masai. "Che dice?"

"Nulla che non sappiamo già. Il cadavere di Sayid al Saada è stato trovato ieri sera da un contadino, alle porte del villaggio. Giaceva sulla riva di un acquitrino, con la fronte poggiata su una roccia, circondato da una pozza di sangue. Il suo cavallo non è ancora stato rintracciato. I suoi gioielli e il suo denaro sono scomparsi."

Sangani osservò le reazioni dei volti degli astanti e proseguì:

"Indubbiamente, si tratta di un incidente. Uno scivolone, una brutta caduta. In seguito alla quale un ladruncolo deve averlo spogliato dei suoi beni."

Ma Hongo, perfidamente, non esitò a replicare:

"Io credo invece che sia stato assassinato."

Un mormorio si levò dal gruppo. Alcuni notabili sussultarono, altri annuirono solennemente. Solo Sangani appariva imperturbabile.

"Nessuno può affermarlo, Hongo. È difficile sapere che cosa sia accaduto in realtà: se sia stato un incidente oppure un omicidio."

"Che cosa dice Nalamai in proposito?"

"Non sa. La ferita alla tempia potrebbe essere imputabile a diverse circostanze."

"Ve l'ho detto e ve lo ripeto: è stato assassinato!"

Stavolta Tango Masai decise di intervenire. Poiché comprendeva il tranello che il *laibon* gli stava tendendo, fece uno sforzo sovrumano per placare la collera che sentiva crescere dentro di sé. Dopo aver ringraziato Sangani per le preziose informazioni che aveva fornito, si voltò verso Hongo. Si avvicinò al suo cavallo e gli accarezzò la criniera con mano ferma; poi guardò il capo delle tribù dell'Ovest con freddezza e ribatté:

"Stai forse insinuando qualcosa? Vuoi forse dire che ho fatto assassinare Sayid al Saada dopo avergli promesso salva la vita? Intendi far credere che sono uno spergiuro, un traditore, un assassino?"

Accorgendosi che, con un solo gesto, il mercenario sarebbe stato in grado di disarcionarlo, Hongo moderò il tono delle sue parole:

"Non sto insinuando proprio nulla. Sto semplicemente dicendo che a Sayid al Saada è toccata una fine violenta e terribile. E che sarà difficile convincere il popolo di Tabora che non si sia trattato di un omicidio."

"Questo cambia ogni cosa," mormorò Bakubé, con lo sguardo perso nel vuoto. "Temo che la sua morte finirà per ritorcersi contro di te, scatenando un'altra follia."

In effetti, quella morte cambiava ogni cosa. Ora che il primo sangue era stato versato, senza dubbio ne sarebbe seguito altro. In groppa al suo cavallo scalpitante, Hongo si voltò improvvisamente verso il capo dei ribelli e gli domandò, con un sorriso maligno:

"E adesso che il firmatario è stato trovato morto, dimmi cosa vale quel pezzo di carta che ti nomina sultano? Vedi, gli eventi accadono persino più velocemente di quanto sperassi. Ti avevo previsto dieci giorni di respiro ma, alla fine, il tuo regno non durerà che un giorno."

Tango Masai si girò lentamente verso il *laibon*.

"Non ho ancora abdicato, Hongo," disse, alzando il tono della propria voce. "Nessuno sa cosa sia successo a Sayid al Saada."

"Chi sei tu, per crederti più forte della verità?" chiese Hongo. "Chi sei, Tango Masai? Quanto tempo pensi di poter tener testa agli inglesi, prima che arrivi l'ora della vendetta?"

Queste parole echeggiarono nella piazza del villaggio di Igalula, attorno al corpo esanime di Sayid al Saada. Senza aspettare la risposta, Hongo spronò il cavallo e disse, concludendo in modo lapidario:

"Quando la notizia si diffonderà nel paese, sarà la guerra. E allora ci rivedremo."

Poi, con una risata fragorosa, galoppò in direzione del Paese della Luna, lasciandosi alle spalle un'assemblea sconcertata.

Gli altri notabili lo imitarono, uno dopo l'altro, impugnando le redini delle proprie mule, dei propri cavalli, dei propri asini, senza neppure prendersi la briga di salutare il nuovo sultano, nel quale ormai credevano di scorgere un criminale. Solo Bakubé gli rivolse la parola.

"Sappi che, malgrado quanto è appena accaduto, hai sempre la mia fiducia. Non credo che la morte di Sayid al Saada sia attribuibile a te."

"È così, Bakubé, te lo giuro. E puoi chiederlo anche a Sangani: non avrei mai fatto una cosa del genere."

Il guerriero rosso annuì.

"Siamo mercenari, è vero," proseguì Tango Masai, "ma non assassini. Se avessi voluto sbarazzarmi di Sayid, lo avrei semplicemente consegnato alla folla."

"Ti credo," disse Bakubé. "E capisco anche perché sei venuto a liberare Tabora. Per l'onore e per la libertà! Ma la morte di Sayid al Saada complicherà le cose, e molto. Hongo e gli inglesi faranno di tutto per deporti, e il mio timore più grande è che un'altra guerra scoppi e porti la rovina in queste terre.

Tango Masai lo ringraziò per quelle parole cariche di sollecitudine, e concluse:

"Farò tutto il possibile per evitarlo. Puoi esserne certo. Non amo la guerra."

Bakubé aggrottò le sopracciglia, stupito.

"Considerando che sei un ribelle, è difficile da credere."

"Eppure è la verità. Non amo la morte, né il sangue, né il fragore della battaglia. Amo solo la libertà."

Bakubé posò una mano sulla spalla del nuovo sultano, e l'ombra di un sorriso rischiarò il suo volto di cera:

"Possa Allah onnipotente ascoltare le tue parole!"

Poi partì in direzione della pianura, accompagnato dal suo gregge, e ben presto scomparve in una nuvola di polvere rossastra che il crepuscolo faceva apparire in fiamme.

Tango Masai e Sangani tornarono a Tabora a notte inoltrata. Senza farsi notare dai soldati e dalla folla, raggiunsero la grande sala del palazzo, dove Meeyu li aspettava. Avvertita dalla sentinella della terribile sciagura che li aveva colpiti, si era vestita con una tunica blu, che talvolta indossava per le cerimonie sacre. I due uomini sapevano che quello era il suo modo di pararsi a lutto. Sangani, invece, portava sempre vesti di stoffa rossa, che indicavano il suo status di temibile guerriero, persino durante le veglie funebri. Tango Masai era vestito della solita uniforme nera, e mostrava un'espressione grave, austera.

Scambiarono qualche parola e piluccarono soltanto i cibi che gli furono serviti. Come per un tacito accordo, nessuno voleva che l'argomento della morte del vecchio sultano fosse evocato. Fu Meeyu a rompere il silenzio:

"Tango."

"Sì?"

"Credi che Sayid al Saada sia stato ucciso?"

Il mercenario inghiottì un boccone di pane di mais inzuppato nella salsa di carne, bevve un sorso di tè, deglutendo lentamente, e rispose:

"Sì, si tratta di un omicidio. È fuori di dubbio."

Poi aggiunse, come per evitare la domanda imbarazzante che la donna aveva certamente pensato:

"Ti giuro che io non c'entro. Non volevo la sua morte. È qualcosa che complica tremendamente le cose e mi fa perdere tempo prezioso. Se proprio vuoi saperlo, mi nuoce moltissimo."

Con un gesto aggraziato, Meeyu posò la mano sull'orlo del tavolo e mormorò:

"Ma, in questo caso, chi è il responsabile?"

Fu Sangani a replicare prontamente:

"Può essere stato chiunque. Molti avevano motivi di risentimento nei suoi confronti. In qualche modo, qui, tutti avevano conti in sospeso con Sayid al Saada. Forse persino Hongo."

Meeyu rivolse al guerriero uno sguardo sbalordito. Ma anche Tango Masai sembrava concordare con quelle affermazioni.

"Sangani ha ragione: Hongo potrebbe averlo fatto assassinare solo per addossarmi la colpa. È proprio il tipo di persona da ordire una trama del genere. In virtù delle sue buone relazioni con gli inglesi di stanza a Dodoma, non è difficile immaginare che avanzi delle mire sulla carica di sultano – e, ovviamente, l'idea di un consiglio di saggi costituisce una minaccia per il suo progetto. Ma nulla è perduto, per il momento. E, a ogni modo, è inutile impegnarsi in mille sforzi per conoscere la verità. Sayid al Saada è morto, e domani la notizia si diffonderà in tutta la città come una nuvola di polvere."

Tango Masai sembrò riflettere per un istante; quindi fissò lo sguardo prima su uno, poi sull'altro dei suoi commensali e annunciò, con voce ferma:

"Ormai non possiamo più fidarci di nessuno."

La notte successiva, Tango Masai dormì male: un sonno agitato, scosso da incubi.

Si svegliò di soprassalto nel cuore della notte, ansimando. Aveva sognato che qualcuno tentava di ucciderlo, e che riusciva a scampare per miracolo. Senza dubbio si trattava di un presagio funesto.

La morte di Sayid al Saada lo aveva profondamente turbato: Dio poteva essergli testimone che non l'aveva desiderata. Ma come avrebbe fatto a provare la propria innocenza? E poi, alla fin fine, era davvero innocente? Deponendolo ed esiliandolo dalla città senza protezione né scorta non aveva forse firmato la sua condanna a morte?

Al suo fianco dormiva Meeyu, avvolta nelle lenzuola; aveva le labbra dischiuse, il respiro lieve. Le baciò una tempia e, disperando di poter riaddormentarsi, decise di alzarsi. Si vestì senza far rumore e uscì dalla stanza, dirigendosi verso la sala del consiglio. Lì, si sedette sulla poltrona del sultano, e passò il resto della notte a redigere i decreti per promulgare le nuove leggi democratiche che, secondo le sue intenzioni, avrebbero governato la vita di Tabora. Poi, al termine del lavoro, accorgendosi della prossimità dell'alba per il fatto che Sangani era già in piedi e stava preparando il tè che avrebbero bevuto insieme, qualche momento più tardi, uscì dal palazzo e si piazzò in cima alla scalinata.

Di fronte a lui, nella piazza ancora illuminata da qualche fiaccola che il vento non era riuscito a spegnere, i guerrieri schiantati dalla fatica dormivano nelle tende o – più spesso – sotto le stelle, coricati su stuoie e tappeti stesi dove capitava. Gonfi di risa, canti, alcol e carni, dormivano con il sorriso stampato sui volti, e certo non sapevano ancora della morte di Sayid al Saada. Tango Masai non aveva avuto il coraggio di interrompere i loro festeggiamenti. Sarebbe stata una scelta controproducente. Era ancora troppo presto per onorare la memoria del suo predecessore, imponendo una giornata di lutto.

Rimase a riflettere per molto tempo; poi, alzando gli occhi al cielo, contemplò per qualche minuto l'orizzonte che si colorava adagio, tentando di leggere nei presagi di quella nuova alba ciò che tutti temevano e che lui, invece, sognava da tanti anni: trovarsi finalmente di fronte il proprio destino.

Sarebbe riuscito a portare a compimento la propria missione? Sarebbe riuscito a diventare quel cantore della libertà che da tempo sognava di essere, oppure avrebbe fallito? La risposta a queste domande non avrebbe tardato. E sarebbe stata inappellabile: avrebbe vinto, o sarebbe morto. Non c'erano altre possibilità. Vittoria, oppure morte.

Fu allora che gli tornò in mente la domanda di Hongo – una domanda che lo riportava al suo passato. Chi era, in realtà, l'uomo conosciuto come Tango Masai? E perché lottava per la libertà?

SECONDA PARTE

5

Chi era Tango Masai? Chi era e cosa ci faceva lì, in quella città che non era la sua e che, tuttavia, aveva ormai in suo potere? Quali sogni di grandezza, quali motivi lo avevano condotto in quel luogo?

Si sapevano poche cose riguardo alla sua persona: forse soltanto che era alla testa di un'armata che, dal Kenya al Tanganika, aveva difeso la causa dei popoli oppressi.

Un ribelle – probabilmente questa era la sua vera professione. Un uomo che non esitava a lanciarsi in missioni piuttosto "particolari". Di certo, l'unico che osasse sfidare la potenza britannica e opporsi agli abusi autoritari del sultanato. In qualsiasi caso, non combatteva per trarre un vantaggio personale, ma per restituire quelle terre ai legittimi proprietari.

L'armata di Tango Masai... In realtà, non si trattava propriamente di un'armata: era piuttosto una centuria di guerrieri rossi che aveva reclutato disordinatamente nel corso dei suoi vagabondaggi – la promessa di una rapida e facile ricchezza li aveva convinti a seguirlo ovunque. Anche se indubbiamente non poteva dirsi né coesa né unita, di certo quell'armata era la più temibile dell'intera Africa. Poiché ogni soldato aveva combattuto e vinto innumerevoli battaglie agli ordini di Tango Masai, e aveva vissuto moltissime avventure al suo fianco, ormai l'avrebbe scortato persino in capo al mondo, anche senza il miraggio di un cospicuo bottino. Ciò che tutti i guerrieri avevano cominciato per soldi, ora lo facevano per devozione, come se praticassero un culto.

Ai loro occhi Tango Masai era un'icona, un semidio. Innanzitutto, per il suo coraggio e la sua abitudine a battersi sempre in prima linea, la qual cosa gli era valsa svariate ferite, che mostrava come stigmate, come trofei. Poi, perché sembrava non sapere che cosa fosse la paura. Ma, in particolar modo, per il fatto che si sentiva investito di una missione divina: essere il cantore, l'alfiere della democrazia in Tanganika. Per raggiungere i suoi scopi riteneva indispensabile assicurarsi e gestire il potere, sebbene per un periodo limitato di tempo. Insomma, diventare sultano.

Comunque, Tango Masai non era sempre stato così ambizioso. Prima di occupare Tabora alla testa della sua armata – un'azione davvero temeraria, il cui ricordo avrebbe segnato lo spirito della popolazione per lunghi anni –, prima di concepire l'idea che un giorno avrebbe intrapreso quella guerra destinata a coinvolgere gran parte del paese nella difesa dell'onore di un popolo, prima di tutto ciò... era stato un altro uomo.

Per poter dire di conoscerlo davvero, bisognava risalire nel tempo per molti anni, fino ai giorni in cui, ancora bambino, aveva visto il padre soccombere alla febbre della tanzanite.

Benché fosse di razza bianca, Tango Masai aveva passato l'infanzia nel paese dei neri, in Africa, ad Arusha. All'interno di una riserva naturale in cui leoni, uomini e antilopi vivevano gli uni accanto agli altri, ai piedi del Kilimangiaro, la montagna più alta del continente, non lontano dal cratere di Ngorongoro – due delle gemme più belle che la natura del Tanganika potesse offrire. E benché la sua pelle non fosse nera, si era sempre sentito un masai.

E tutto ciò per via di una pietra preziosa: la tanzanite. Una pietra che aveva deciso il suo destino, poiché aveva spronato i suoi genitori a partire per quei luoghi selvaggi, con l'intenzione di estrarla dalle viscere della terra e di commerciare le varietà più pregiate in tutto il mondo. Sì, perché la regione di Arusha era – e lo è anche oggi – l'unica al mondo in cui si può trovare, nel raggio di poche migliaia di ettari, questa pietra preziosa, una gemma fra le più ricercate e originali. La tanzanite – un autentico gioiello del Tanganika, talvolta chiamato "la pietra dai tre colori" – costituiva il più grande tesoro dei masai: un tesoro che il padre di Tango cercò nelle terre rosse di Arusha per la maggior parte della propria vita.

Adolphe Ferrer – questo era il suo nome – era un geologo di chiara fama. Un bel giorno, dopo aver ricevuto una formazione scientifica nelle migliori università d'Europa, dopo molti viaggi nelle più disparate regioni del globo, era sbarcato in Tanganika, accompagnato dalla moglie, dal figlio e da bagagli, sogni e illusioni, con la speranza di vendere in tutto il mondo quella pietra preziosa che ai suoi occhi rappresentava una delle più sbalorditive meraviglie che la natura potesse offrire. Forte della propria esperienza di geologo, e confidando nella sua eccezionale conoscenza delle gemme e delle loro caratteristiche, si era stabilito ad Arusha, aveva ottenuto senza troppe difficoltà la concessione per lo sfruttamento di una miniera e – d'accordo con le autorità britanniche e gli organismi di controllo masai, ai quali si era impegnato a cedere una considerevole parte delle pietre grezze – aveva cominciato a estrarre la tanzanite dal sottosuolo della riserva.

Di quella pietra non lo affascinavano soltanto la rarità e il valore, ma soprattutto il fatto che mostrasse contemporaneamente tre colori diversi: blu, porpora, nero. Adolphe Ferrer vi leggeva una parabola. Proprio come la tanzanite, l'anima umana cambiava colore, e si faceva più scura via via che si avvicinava alla morte: durante l'infanzia era blu, poi si arrossava con l'età adulta e diventava nera nella vecchiaia. Benché non osasse ammetterlo, il padre di Tango Masai sapeva che il fascino di quella pietra rivelava la condizione umana: gli uomini sono condannati a scomparire, a spegnersi come una gemma che, dopo aver troppo brillato, si tramuta in cenere.

I primi anni furono duri e laboriosi e, nonostante qualche sporadica pietra pregiata, offrirono scarsi risultati. Di rado le gemme che i suoi minatori strappavano alla roccia erano di qualità soddisfacente; inoltre, spesso si trovavano a grande distanza l'una dall'altra. Potevano passare svariati giorni fra un ritrovamento e quello successivo – giorni sterili che, sui libri contabili della miniera, finivano inevitabilmente nella colonna delle perdite.

Benché non l'avrebbe mai ammesso, Ferrer si stava rovinando. Per lunghissimi periodi, i suoi minatori si sottoposero a sforzi sovrumani, lavorando senza posa in condizioni spaventose, a venti o trenta metri di profondità, aggredendo a colpi di pala e piccone ogni centimetro quadrato della montagna, per trovare magari soltanto qualche carato della meravigliosa gemma. Come se non bastasse, a fiaccare ulteriormente il morale di Ferrer giungeva sempre la stagione delle piogge, il rintocco funebre per le sue poche speranze. Anche se non rendeva più difficoltosa l'estrazione, l'acqua convinceva gli operai ad abbandonare senza rimpianti la miniera: per loro, infatti, costituiva una manna assai meno effimera della scoperta di una tanzanite – potevano coltivare miglio, grano, saggina e orzo, e avere la certezza di far fronte ai bisogni delle loro famiglie sino alla stagione successiva.

Per questo Ferrer temeva la stagione delle piogge: sapeva che per un lasso di tempo indefinito si sarebbe ritrovato solo, a guardare una miniera deserta. Era una situazione che poteva protrarsi per settimane, o addirittura per mesi, fino a quando il sole non fosse tornato a splendere e i minatori si fossero stancati della vita dei campi. Allora, con grande felicità, li avrebbe visti riprendere la strada della miniera e il lento e duro lavoro di estrazione – e il suo cuore si sarebbe nuovamente colmato di speranza.

A volte la fortuna gli arrideva, e scopriva un nuovo giacimento. All'improvviso compariva una roccia scintillante come mille fiammate, a ricompensare mesi di fatiche e sforzi ostinati, accolta con un concerto di lodi e grida di gioia. Allora tutti erano certi che avrebbero avuto lavoro per vari giorni, e che ci sarebbe stato un salario alla fine del mese. Ma quelle feste duravano sempre meno, le vene si esaurivano rapidamente. E sempre Ferrer era costretto a reinvestire i magri profitti che riusciva a ricavare dalla vendita delle poche pietre di qualità che gli rimanevano, dopo aver onorato i suoi impegni con i britannici e gli organismi masai, per sostituire le attrezzature, per far fronte a una nuova tassa governativa, per offrire un aumento ai minatori nella speranza di non vederli ritornare alla vita campestre. E così ogni volta che poteva disporre di qualche soldo non erano certo la moglie e il figlio a beneficiarne – mangiavano come i masai, abitavano le stesse capanne, e conducevano una vita ben lontana dagli standard di agiatezza europei.

Anche se la moglie di Ferrer non si lamentò mai di quell'esistenza, non sopravvisse a lungo agli stenti. Pochi anni dopo il loro arrivo ad Arusha, stremata da una vita di fatiche e privazioni, morì di febbre, lasciando soli un uomo rovinato, perduto e accecato dalle illusioni, e un ragazzino di neppure undici anni.

Fu così che, sin dall'adolescenza, Tango fu segnato dal ferro incandescente della tragedia, e ben presto vide la sua anima blu tingersi di porpora, i suoi sogni svanire e rivestirsi del colore del sangue.

Per non soccombere alla sventura decise di seguire le orme del padre, e iniziò a lavorare con zelo incredibile: ogni mattina scendeva in miniera con la speranza di trovare il tesoro di cui la vita lo aveva privato. E un giorno ciò avvenne, grazie al suo coraggio, all'abnegazione e – sì, bisogna ammetterlo – a una buona dose di fortuna.

La miniera di Ferrer era situata sotto un poggio ai piedi di una piccola collina, sull'altopiano di Arusha, nel cuore della regione in cui, pochi anni addietro, era stata scoperta la prima tanzanite. Per accedervi era necessario percorrere una salita e oltrepassare una recinzione, sfilando di fronte alla garitta del guardiano – una capanna di assi marce, dalla quale l'uomo non si assentava mai, né di giorno né di notte. A pochi metri dalla costruzione c'era un buco nel terreno, riparato da un tetto di lamiera ondulata che poggiava su quattro pali: l'entrata della miniera. Dopo quell'ingresso, una scaletta conduceva alle gallerie sotterranee, un'autentica fornace.

Tango aveva preso l'abitudine di andare a scavare nella galleria più lontana, alla quale si accedeva faticosamente: era invasa dai detriti e dalla polvere, ma gli sembrava quella più promettente, poiché s'inoltrava nelle viscere della montagna.

Fu in quella galleria, dopo sei mesi di lavoro massacrante, che trovò la ricompensa a ogni suo sforzo. Migliaia e migliaia di picconate, spesso inutili, perché una sola – l'ultima – rivelasse un bagliore che non aveva mai illuminato lo sguardo di un uomo. Una pietra grande come l'uovo di un uccello scintillava davanti ai suoi occhi, nel fascio di luce proiettato dalla lampada che portava sulla testa. Sbalordito di fronte alla propria scoperta, Tango s'immobilizzò; poi carezzò quell'apparizione. Quando ne saggiò la durezza, comprese immediatamente che si trattava di un esemplare straordinario.

Con molta delicatezza, strappò la gemma dalla sua ganga, divenendo il proprietario della tanzanite più bella e più pura mai estratta in quella regione.

A coronamento della sua favolosa impresa, poco dopo scoprì un filone di gemme – una di quelle vene che rappresentano il sogno segreto di tutti i cercatori del mondo. Alla fine della giornata, Tango aveva strappato a quella parete di roccia più di venti pietre preziose, belle quasi quanto la prima.

Quel filone portò al padre più soldi di quanti ne avesse guadagnati in dieci anni di estrazioni: gli garantì una fama straordinaria in tutta la regione di Arusha e attirò su di lui l'attenzione del grande capo masai Makondo.

Un giorno, Makondo, un vecchio saggio dotato di poteri immensi, si presentò alla miniera, accompagnato da un drappello di autorità e da qualche curioso: chiese di vedere l'individuo che aveva trovato la tanzanite favolosa di cui tanto si parlava. Adolphe Ferrer ricevette con tutti gli onori quell'uomo potente, la cui fama riecheggiava in tutto il paese, gli offrì una birra al miele e lo invitò a entrare nella propria casa.

Facendo tintinnare le collane di perle e i bracciali che gli ornavano il collo, i polsi e le caviglie, il vecchio rifiutò l'invito e attese in terrazza.

Quando, pochi momenti dopo, Tango apparve sulla soglia, Makondo lo interrogò immediatamente: "Sei tu l'eroe di Arusha?"

"Eroe... non so. Comunque, sono la persona che ha trovato la tanzanite, se è questo che intende dire."

"Sai che è una pietra unica al mondo, vero?"

"Così mi hanno detto."

"E sai anche che vale moltissimi soldi?"

"Sì, lo so."

Senza mutare la sua espressione grave, Makondo proseguì:

"Qual è il tuo nome?"
"Mi chiamo Tango Ferrer."
Il vecchio saggio si fece meno serio. Mostrò un leggero sorriso, posò una mano sulla spalla del giovane e disse:
"Ormai, ovunque tu vada in Tanganika, il tuo nome sarà Tango Masai."

Makondo era un *laibon*, uno stregone. Era nato a Kibara, sulle rive del lago Vittoria, nella zona nordoccidentale del paese, e il fato gli aveva riservato una vita decisamente fuori dal comune.

Quando era ancora giovane, si accorse che possedeva la dote di leggere nei sogni i presagi del destino, come se, prescelto dagli dèi, fosse in qualche modo il loro messaggero sulla terra. Insomma, un *laibon* dotato di poteri straordinari.

La sua vita subì una trasformazione radicale dopo un sogno a occhi aperti, fatto in una giornata di pieno sole. In quel sogno vide un lungo serpente di ferro, sopra il quale volteggiava silenzioso un nugolo di farfalle bianche. Soltanto questo. Un serpente di ferro. Delle farfalle bianche. Il serpente strisciava e avanzava lungo la pianura; le farfalle erano così numerose da oscurare il cielo. Alla fine, apparve un leone, catturò il serpente di ferro e lo tenne prigioniero fra le proprie grinfie; le farfalle si dispersero nel cielo, e il sole tornò a splendere.

Makondo capì subito che non era un sogno qualsiasi – di quelli che talvolta lo visitavano durante il sonno –, ma una premonizione. Comprese che tutto ciò che aveva visto un giorno si sarebbe avverato. E si rese anche conto di essere uno stregone dotato di poteri immensi.

A partire da quel giorno, Makondo prese un bastone da viandante e cominciò a percorrere le strade della regione, raccontando a chiunque avesse voglia di ascoltarlo il contenuto del suo sogno. Tutti capivano che si trattava di un presagio e che, per bocca di quell'uomo, Enk-ai – l'unico vero dio, il Signore della creazione e di tutti gli esseri e le cose della terra – aveva voluto inviare un messaggio al suo popolo.

"Un giorno, un serpente di ferro, accompagnato da un nugolo di farfalle bianche, penetrerà nel cuore dei territori masai e ci spingerà indietro, sino ai confini dei laghi dell'Ovest. Ebbene, in quel giorno giungerà la guerra. Dovremo prepararci a combatterla, e a vivere un periodo buio, fino all'arrivo del leone che schianterà fra i suoi artigli il serpente di ferro e ci libererà dall'oppressione delle farfalle bianche."

Makondo ripeté questa storia all'infinito: a testa alta, fiero e impettito nella sua veste da cerimonia, seduto fra i nove membri del consiglio dei saggi di ogni villaggio. Poi, quando aveva la certezza di essere stato compreso, impugnava nuovamente il bastone da viandante e riprendeva il cammino.

Alla fine, dopo aver visitato tutte le tribù del Nord del Tanganika, dopo aver avvertito tutti i suoi fratelli del pericolo che incombeva su di essi, fece ritorno a Kibara, il suo villaggio natio, dove attese pazientemente il giorno in cui la sua profezia si sarebbe avverata.

Quando visitò Arusha, Makondo esercitò un fascino incredibile sul giovane Tango, il quale per giorni e giorni non smise di pensare a quell'uomo, magnificandolo e idealizzandolo, proprio come aveva fatto con il ricordo della madre dal momento in cui non era più stata in questo mondo. E quando, pochi mesi più tardi, morì anche Adolphe Ferrer, rubato alla vita da una febbre malarica, Tango, rimasto orfano, ebbe la sensazione che le spire del tempo si fossero richiuse per sempre sulle sue origini – in quel momento, la prima persona a cui pensò fu Makondo.

Indossò gli abiti da lutto soltanto un giorno, quando ricevette la visita di alcuni amici del padre, troppo sconvolti dal dolore per poter offrirgli un aiuto anche minimo in quell'inaudita e difficile prova che avrebbe dovuto affrontare da solo.

All'indomani del funerale Tango si concesse di infrangere la tacita legge che imponeva ai congiunti del defunto il raccoglimento e la solitudine durante il lutto: lasciò Arusha e, dopo tre giorni di viaggio, giunse a Kibara. Una volta lì, chiese indicazioni per raggiungere la casa di Makondo.

Il vecchio *laibon* viveva sulle alture di Kibara, in cima a una collina a strapiombo sul lago, e dispensava il proprio aiuto a tutti coloro che ne avevano bisogno ed erano disposti a salire fin lassù per ascoltare le sue profezie. Trascorreva la maggior parte del proprio tempo seduto su un tronco, di fronte alla capanna in cui abitavano la moglie, i figli e le figlie; guardava fissamente il cielo. Aveva la pelle del viso scura come cuoio antico, segnata da rughe profonde; teneva sempre gli occhi socchiusi, per proteggerli dalla luce sferzante. Ogni giorno Makondo aspettava un nuovo sogno a occhi aperti, pochi secondi di rivelazione che lo avrebbero avvicinato agli astri. Nella speranza di comunicare con la divinità, passava il proprio tempo scrutando il cielo, giocherellando con le perle delle sue collane, salmodiando a voce alta melopee ritmate – la qual cosa induceva coloro che non lo conoscevano a scambiarlo per un povero pazzo solitario, abbandonato alla mercé del sole e della pioggia.

Quando Tango Masai giunse nei pressi della sua capanna di Kibara, il vecchio *laibon* era seduto sul tronco, e si godeva il tepore del sole. Appena lo vide arrivare, un sorriso gli illuminò il volto.

"Ti stavo aspettando, Tango Masai. Stanotte un sogno mi ha annunciato il tuo arrivo."

I due uomini si scambiarono uno sguardo, in silenzio, consapevoli dell'inutilità di qualsiasi parola. Il vecchio *laibon* aveva poteri che Tango non avrebbe mai messo in discussione.

"Mio padre è morto."

Lungi dall'essere stupito, il vecchio gli rispose con dolcezza:

"Sapevo anche questo."

Makondo si portò una mano alla fronte per schermarsi dal sole e fissò il giovane che aveva di fronte. Poi si alzò in piedi, aiutandosi con il bastone da viandante; si avvicinò a Tango e, posandogli una mano sulla spalla, come aveva fatto la prima volta che si erano incontrati, gli confidò:

"Ora sei sotto la mia protezione. Benvenuto nella mia casa. Potrai restare qui finché vuoi."

Nei giorni successivi, Tango Masai visse a casa di Makondo. Il vecchio *laibon* lo presentò alla famiglia, e in particolare al suo primogenito, Sangani, di cui l'ospite divenne rapidamente il migliore amico. Tango capì allora di avere di fronte la famiglia che gli era venuta a mancare.

La figlia più giovane di Makondo aveva soltanto quindici anni. Tango Masai la notò per la prima volta mentre stava ballando. Si celebrava la festa per una circoncisione, e lei danzava in mezzo a un gruppo di coetanee riccamente vestite. Era verso la fine del pomeriggio, nell'ora in cui i raggi del sole si fanno meno violenti e la frescura s'impadronisce della terra e consente agli uomini, alle donne e ai bambini di uscire finalmente dalle capanne... O forse era accaduto di sera, sul far della notte, quando la luna sorge e la musica dei tamburi si leva lentamente verso il cielo, come una melopea. Non ricordava più. Comunque, si rammentava con precisione di averla vista – donna fra le donne, alta, slanciata, bella e sorridente – e di essere stato soggiogato dalla sua presenza sin dal primo istante.

Nel corso dei festeggiamenti, che proseguirono per vari giorni, gli uomini si ubriacarono di birra al miele, si cosparsero di sangue di toro e sfilarono solennemente all'ombra delle acacie. In quanto fratello di Sangani, a Tango fu concesso di partecipare alla cerimonia. Durante il combattimento onorifico con il toro, fu il primo guerriero a riuscire ad afferrarlo per le corna e a rovesciarlo al suolo.

Anche Meeyu, che aveva notato gli sguardi di Tango, finì per soccombere al suo fascino. Ma, per timidezza, per timore o forse solo per pudore, non osò rivolgergli la parola.

Quella sera, Meeyu, bella e radiosa, abbandonò la festa senza degnarlo di una sola frase. Accanto a Makondo, che sembrava totalmente assorbito dai festeggiamenti, Tango osservò a lungo la sua silhouette, mentre si allontanava dalla piazza cinta d'acacie e tornava a casa a piccoli passi, con la grazia di una ballerina che si muove in equilibrio su un filo. Quest'immagine lo tormentò per tutta la notte.

Qualche giorno dopo Tango ebbe un colloquio particolare con Makondo. Impassibile come al solito, il vecchio saggio era seduto sul suo tronco, immerso nei pensieri.

"Makondo, posso chiederle un favore? Io..."

Il vecchio *laibon* tese una mano per interromperlo; poi si soffermò un istante a riflettere e annunciò, con voce allegra:

"Vuoi sposare Meeyu, vero?"

Tango rimase ammutolito.

"È proprio così... Ha indovinato."

"Non ho indovinato. L'ho visto in sogno."

Il giovane tacque. Sapeva che nei sogni di quell'uomo apparivano le chiavi del destino.

"Allora, cosa ne pensa? È d'accordo sul fatto che sposi Meeyu?"

Makondo si voltò verso di lui e rispose, con voce suadente:

"Non solo sono d'accordo io, ma so che anche Meeyu lo è."

"L'ha appreso da un sogno?"

Stavolta Makondo non riuscì a trattenere una risata, che risuonò brevemente nell'aria, prima che il vento la portasse via.

"No. Non tutti i segreti sono rivelati dai sogni. È stata Meeyu a confidarlo a sua madre. E mia moglie l'ha detto a me."

Leggendo la gioia sul viso di Tango, Makondo aggiunse:

"Di conseguenza, penso che questa unione sia auspicabile e buona. Perché non ti trattieni ancora una settimana, in modo da poter celebrare le nozze qui, a Kibara?"

Una settimana dopo, Tango Masai e Meeyu si sposarono, con una cerimonia grandiosa, che radunò nel villaggio di Kibara l'intera tribù di Makondo. L'annuncio delle nozze, diffuso il giorno precedente dai banditori, dal suono dei tamburi e dai canti delle prefiche – che incitavano a partecipare ai festeggiamenti –, riecheggiò per tutta la pianura del Serengeti e raggiunse le montagne, penetrò nelle città dell'interno, attraversò la savana e il deserto, risuonò fra laghi e colline, superò persino le frontiere, scivolando sulle acque limpide del lago Vittoria, sino a perdersi per sempre nel folto delle foreste dell'Africa nera.

Il mattino della cerimonia Meeyu, circondata da alcune donne che le rasarono il cranio, le adornarono il collo e i polsi con perle multicolori e la vestirono con una tunica di cuoio tempestata di perline, attese pazientemente l'arrivo di Tango Masai, seduta nella capanna dei genitori.

Con il corpo coperto di ocra e diatomite, la ragazza uscì tra la folla e, preceduta da un corteo di bambini che spazzavano la strada affinché fosse libera da sassolini e ramoscelli, raggiunse il futuro marito. Della birra di miele fu versata lungo il suo cammino, in segno di benedizione.

Al termine della processione rituale nel centro del villaggio, ebbe luogo la cerimonia, all'ombra delle acacie. Alla fine, dopo i giuramenti solenni, gli sposi raggiunsero la capanna della famiglia, dove Makondo e sua moglie Neipende li accolsero a braccia aperte. Fu allora che Tango donò a Meeyu una splendida tanzanite: la giovane la prese con un sorriso raggiante. A quel punto, entrarono gli invitati e, in un clima di allegria generale, si congratularono con gli sposi.

Sarebbero state davvero nozze magnifiche se a turbarle non fosse accaduto qualcosa che segnò la fine dei festeggiamenti e sprofondò Tango nella realtà più concreta e dolorosa.

Mentre gli sposi e gli invitati festeggiavano di fronte alla capanna di Makondo, arrivarono due ufficiali britannici in uniforme, con il casco coloniale sulla testa e il fucile in spalla. Uno dei soldati – di certo il capo-missione – batté i tacchi e annunciò, con voce glaciale:

"Perdonateci l'intrusione. Stiamo cercando un uomo di nome Tango Ferrer."

Tango Masai ebbe la sensazione che una lama di pugnale stesse affondando nella sua schiena. S'irrigidì e fissò in volto Meeyu; poi si alzò e rispose, con voce stentorea:

"Sono io. Cosa volete?"

Il soldato lo salutò, portandosi la mano alla tempia, e sciorinò con voce monocorde:

"Per ordine di Sua Maestà e del comandante della guarnigione di Dodoma, Sir Horace Welton, la informo che a partire da oggi deve prestare servizio militare, così com'è stabilito dalle leggi di questo paese."

Un mormorio percorse la folla. Indifferente all'effetto delle proprie parole, il soldato aggiunse, in tono assai meno solenne:

"Sono quindici giorni che la inseguiamo, signor Ferrer. Prima ad Arusha, ora a Kibara. Può vantarsi di averci fatto correre."

Senza attendere un'eventuale replica, trasse di tasca una lettera e la porse allo sposo.

"Il suo ordine di arruolamento nell'esercito del Tanganika."

Tango si sentì accecare da un impeto di collera.

"Chi credete di essere, per dirmi cosa devo fare? E con quale diritto venite a disturbare il mio matrimonio?"

"Stiamo facendo soltanto il nostro dovere: eseguiamo degli ordini. Ora ci segua, la prego."

Il soldato si stava avvicinando a Tango con l'intenzione di afferrarlo per un braccio quando Sangani, il fratello di Meeyu, gli balzò addosso e lo scaraventò al suolo, serrandogli la gola con le mani. Un concerto di grida si levò dalla folla degli invitati. L'altro ufficiale era sul punto di imbracciare il fucile quando Tango calmò il cognato, posandogli una mano sulla spalla per fargli lasciare la presa.

"È inutile resistere," disse. "Devo andare."

Controvoglia, il guerriero masai lasciò la sua preda e indietreggiò. Il soldato si alzò, si lisciò l'uniforme con il dorso della mano e rivolse a Sangani uno sguardo carico d'odio.

"Temo che il suo amico Tango dovrà pagare per questo comportamento," disse. Poi, rivolto a Tango, aggiunse: "Complimenti! Ecco un ottimo modo per cominciare il servizio militare sotto le insegne inglesi."

6

Tre giorni più tardi Tango Masai entrò nei ranghi della guarnigione di Dodoma.

Fu un passaggio brusco: dalla dolce vita di Kibara alla rigida disciplina di Dodoma dove, per ordine del comando, venne obbligato a seguire i corsi da allievo ufficiale.

Dodoma, la seconda città del paese, situata a eguale distanza da Tabora e Dar-es-Salaam, a sud delle riserve masai, era abbastanza anonima perché Tango riuscisse a odiarla sin dal primo istante in cui si ritrovò prigioniero fra le sue mura. Lontano da Makondo, da Sangani e da Meeyu, lontano dalla miniera di Arusha. Lontano dalla sua vita e dalla giovane che amava. Nel cuore di Dodoma, città maledetta.

Lì, già nel giorno del suo arrivo, incontrò il maggiore Welton, l'ufficiale britannico che comandava la guarnigione di stanza in città, l'uomo a cui doveva la disgrazia del suo arruolamento coatto e i modi ostili in cui esso era avvenuto.

Il maggiore era un ufficiale d'altri tempi. Sfoggiava baffi sottili che lisciava senza posa e si sforzava per darsi un'aria tremendamente severa; il suo carattere era forgiato nell'acciaio più duro. Nella mano destra stringeva sempre un frustino, di cui non esitava a servirsi per sottolineare gli ordini che impartiva. Gli era stato sufficiente meno di un anno per farsi odiare dall'intera guarnigione. E meno di un'ora per trovare un nemico mortale nell'uomo che, in seguito, avrebbe considerato come il più indisponente e refrattario alla disciplina di tutti i suoi sottoposti: Tango Masai.

Quando lo ricevette per la prima volta nel proprio ufficio, il maggiore fu intrigato dal personaggio, anche se comprese immediatamente che gli avrebbe dato del filo da torcere.

Era la stagione secca. Nei dintorni di Dodoma il terreno ricordava un paesaggio lunare. Non un alito di vento, se non quello che soffiava dal deserto, il quale – si diceva – seccava la gola e portava alla follia chi si lasciava catturare dalle sue spire infernali. La frescura notturna era soltanto un'illusione, poiché sin dall'alba il sole avrebbe ricominciato a schiacciare la città, dando l'impressione costante di vivere all'interno di un vulcano attivo – un'impressione che il calore perpetuava fino a sera, ben dopo il crepuscolo, e che si protraeva anche per alcune ore della notte. Questo clima, reso malsano dalla presenza delle zanzare e di innumerevoli generi di insetti, aveva presto fiaccato il coraggio degli uomini. Dormivano sonni agitati, erano vittime di una sete inestinguibile, e il loro ardore lentamente era scemato. Se non fosse stato per gli enormi ventilatori che funzionavano ininterrottamente nelle caserme britanniche, nessun soldato avrebbe potuto trovare riposo. Fu in una giornata del genere, in una delle più calde, che si svolse il primo colloquio fra il maggiore Welton e il nuovo allievo ufficiale.

Entrando nell'ufficio, stremato dal viaggio e dalla lunga attesa nel cortile interno della caserma, sotto un sole di piombo, Tango Masai si accinse a sedersi, ma una voce graffiante lo fece sobbalzare:

"Resti in piedi! E sull'attenti!"

Obbedì senza esitare, nonostante la stanchezza, e attese in silenzio l'inizio dell'ispezione. Di fronte a lui, sprofondato in una poltrona, il maggiore lo stava squadrando meticolosamente. Dopo averlo studiato in ogni dettaglio, serrò le labbra e gli ordinò:

"Declini le sue generalità."

Stoicamente sull'attenti, nonostante la calura schiacciante, Tango rispose, con voce stanca:

"Il mio nome è Tango Masai. Perlomeno, mi hanno sempre chiamato così. Io..."

Lo sguardo corrucciato del maggiore, seguito da un lungo sospiro, interruppe le parole della recluta.

"Si limiti a rispondere alle mie domande, senza ricamarci sopra. Questo è l'esercito britannico, non un salotto. E rivolgendosi a me, deve chiamarmi sempre 'Maggiore'!" Poi, come se fosse una litania, l'ufficiale ripeté:

"Generalità?"

Stavolta l'allievo ufficiale fu più conciso:

"Tango Ferrer, maggiore."

"E questo, dunque, il suo vero cognome?"

"Sì... maggiore."

"Luogo di nascita?"

"Nessuno."

Il maggiore fece sibilare il frustino nell'aria.

"Intende prendersi gioco di me?"

"No, maggiore."

"Luogo di nascita?"

Tango sospirò; poi, con una traccia d'ironia nella voce, rispose: "Allora, poiché desidera sapere esattamente ogni cosa, le dirò che sono nato in mare, in un giorno di tempesta, al largo dell'isola di Zanzibar. Quindi il mio luogo di nascita è più o meno a quarantun gradi di longitudine est e a sei gradi di latitudine sud. Va bene, così... maggiore?"

Welton gli rivolse uno sguardo di ghiaccio: era evidente che quell'uomo stava mentendo spudoratamente.

"Di certo, sarà in possesso di un atto di nascita, di un documento ufficiale che provi quanto mi ha detto. È così, vero?"

"No, sbaglia, maggiore. Non ho l'abitudine di portarmi dietro cartacce del genere. Sarebbero troppo ingombranti."

Stavolta Welton non riuscì a trattenersi:

"Silenzio! E la smetta con quel tono insolente!"

Poi prese la penna e annotò sul registro che aveva di fronte quelle informazioni piuttosto insolite.

"... al largo dell'isola di Zanzibar, benissimo. Poi, dove ha vissuto?"

"Un po' ovunque..."

"Sia più preciso."

"Ho passato l'infanzia e l'adolescenza seguendo mio padre nei suoi viaggi: Francia, Spagna, Portogallo, Italia, Grecia, Congo, Camerun, Nigeria, Rhodesia, Zanzibar e infine Tanganika, dove vivo tuttora."

"Non le chiedo alcun dettaglio. Si limiti a dirmi dov'era domiciliato prima della chiamata alle armi."

"Ad Arusha, maggiore. Nel cuore della zona delle miniere di tanzanite."

"Le miniere di tanzanite? Ma quelli sono territori masai!"

"Sì, maggiore."

"E cosa diavolo faceva, laggiù?"

A questa domanda seguì un lungo silenzio, incrinato soltanto dal ronzio delle pale del ventilatore che continuavano a girare.

"Tentavo di guadagnarmi da vivere estraendo pietre preziose da una piccola concessione mineraria – e questo tutti i santi giorni."

Adesso l'ufficiale non riuscì a dissimulare lo stupore.

"Un cercatore di pietre preziose? Diavolo, ma perché mai ha scelto un mestiere del genere?"

"Mio padre era un geologo, maggiore."

"E sua madre?"

"Accompagnava mio padre nei suoi viaggi. Ha sempre avuto un debole per gli avventurieri e le pietre preziose."

Welton aggrottò le sopracciglia e preferì non commentare. Aprì una cartellina che aveva sullo scrittoio, lesse qualche riga e poi distolse lo sguardo dalla pagina.

"Leggo qui, nel rapporto dei due ufficiali che le hanno notificato la chiamata alle armi, che ha tentato di opporre resistenza. Affermano persino che ha aggredito uno di loro, con l'intenzione di strangolarlo. È esatto?"

Comprendendo che i militari avevano cercato di addossargli la responsabilità della rissa, Tango Masai tentò di fare chiarezza.

"È falso. Al contrario, mi sono frapposto fra il soldato e l'uomo che, in preda alla collera, stava per strangolarlo."

"Si rende conto della gravità del suo gesto, vero?"

"Ci sono delle circostanze attenuanti. È un guerriero; per lui, si trattava di una questione d'onore. Interrompere i festeggiamenti di nozze è un atto sacrilego."

Il maggiore non poté reprimere un sorriso. "Siamo tutti guerrieri, ma se non ci portiamo rispetto tra commilitoni, all'interno del medesimo esercito, come potremo mai rispettare un nemico?"

"Per i masai, i britannici sono – e resteranno per sempre – nemici, maggiore."

L'ufficiale incassò il colpo senza battere ciglio.

"Ad Arusha ha ricevuto un ordine di arruolamento immediato. Ma non ha risposto. Ho dovuto mandare i miei uomini a cercarla, com'è d'obbligo in casi del genere. A questo punto, si ritenga fortunato se non la sbatto in gattabuia."

"Non ho mai saputo della chiamata alle armi. E al contrario di quanto lei sospetta, maggiore, non ho cercato di sottrarmi al servizio militare. Anzi, mi chiedo se non avrei fatto meglio ad arruolarmi spontaneamente. Sarei libero, adesso."

Fu allora che Welton comprese che l'uomo che aveva davanti incarnava una vera e propria contraddizione: benché avesse la forza di carattere indispensabile per diventare un soldato esemplare, audace e coraggioso, il suo forsennato desiderio d'indipendenza lo rendeva decisamente avulso allo spirito dell'esercito. A questo punto, bisognava soltanto capire quale aspetto della sua personalità avrebbe trionfato sull'altro. E perciò occorreva dargli nel contempo un'opportunità e una buona lezione. Liquidò con un gesto della mano l'ultima osservazione di Tango Masai.

"Bene, non parliamone più. Da questo momento, si consideri arruolato nella mia guarnigione. Ho deciso di cancellare con un colpo di spugna quel disdicevole incidente; la denuncia degli ufficiali non avrà seguito. Ma la terrò d'occhio. Voglio vederla all'opera. Può andare, adesso."

L'allievo ufficiale salutò e si apprestò a lasciare l'ufficio. Stava per varcare la soglia quando la voce del maggiore lo fermò:

"Soldato!"

"Maggiore?"

"Affinché non ceda alla tentazione di fuggire, mi vedo costretto a rifiutarle ogni permesso sino al termine del servizio nell'esercito di Sua Maestà."

Tango fece una smorfia, ma non disse nulla. Era davvero alto il prezzo che doveva pagare per il suo spirito d'indipendenza. Un anno intero senza vedere i propri cari. Gli si stringeva il cuore, ma non lasciò trasparire la sua pena.

"Ancora una cosa, soldato."

"La ascolto, maggiore."

Ci fu un lungo silenzio, mentre Welton si lisciava i baffi.

"Il commercio di tanzanite nella regione di Arusha non è riservato ai masai?"

"Sì, maggiore."

Welton non riusciva a capire; si schiarì la voce e disse:

"E allora... come spiega...?"

"Io sono un masai, maggiore."

In seguito, i rari incontri fra il comandante e l'allievo ufficiale si svolsero secondo il medesimo canone. Welton non riuscì mai a convincersi della veridicità del racconto di quel giovane sregolato: ogni affermazione gli sembrava al contempo vera e falsa, come se la trama della sua storia fosse tessuta sia con i fili della menzogna che con quelli della verità, intrecciati l'uno all'altro e fermati da nodi gordiani inestricabili, destinati a forgiare una leggenda e a far perdere chi ascoltava nei meandri del suo passato.

Come aveva dichiarato, Tango era davvero un masai, uno dei temibili guerrieri del Tanganika settentrionale che il maggiore si era trovato ad affrontare in numerose occasioni. Aveva avuto conferma che il giovane aveva vissuto fra loro per molti anni, imparando la lingua e sottoponendosi ai riti d'iniziazione. Eppure, ciò che turbava l'ufficiale britannico era il fatto che, se si escludeva il suo nome, quell'individuo non aveva nulla di masai.

Benché nessuno fosse in grado di dire con certezza quale sangue gli scorresse nelle vene, dal pallore del suo volto e dai suoi occhi chiari apparivano evidenti le sue origini europee.

Oltre a parlare lo swahili, quell'allievo ufficiale si esprimeva abbastanza bene in inglese, ma conosceva anche l'italiano, lo spagnolo, il francese e, cosa ancora più sorprendente, alcune parole di shamba e di bantu.

Nel corso dell'anno che Tango Masai passò ai suoi ordini, il maggiore non riuscì a scoprire nulla di più. Eppure, spinto dal desiderio di capire chi fosse veramente, non allentò mai la pressione che esercitava su di lui.

Un giorno, i due uomini si ritrovarono soli nel cortile interno dell'edificio che ospitava la guarnigione. Approfittando dell'occasione, il maggiore si avvicinò all'allievo ufficiale.

"Tango."

"Sì, maggiore?"

"Perché si chiama come una danza?"

Mentre parlava, Welton si lisciava con le dita nervose i baffi sottili, che ogni mattina si premurava di regolare con un paio di forbicine d'argento. Sembrava che gli facesse piacere evocare la danza, come se ciò gli riportasse alla mente ricordi lontani, carichi di emozioni.

"I suoi genitori hanno vissuto in Argentina? A Buenos Aires, forse?"

"No, maggiore, non che io sappia."

"Ma allora perché hanno scelto quel nome? 'Tango' è sudamericano."

"Non credo, maggiore."

"Cos'è che non crede?"

"Che il tango sia sudamericano."

"E perché mai?"

"In realtà, è una danza che arriva dall'Africa."

"Il tango? Africano?"

"Sì, maggiore. Il tango è ispirato a una danza che gli yoruba eseguono da generazioni. Nella loro lingua si chiama *xango*, che è il nome di uno dei loro dèi. Quando i primi schiavi yoruba giunsero in Argentina, diffusero quella danza che, ben presto, divenne famosa in tutto il paese. Da *xango*, è diventata tango. Ecco come si spiega l'origine di un mito."

"E come mai lei sa tutto ciò?"

"Per qualche tempo, prima di venire in Tanganika, mio padre ha vissuto fra gli yoruba, nell'Africa occidentale. Il mio nome viene da lì."

Silenzio.

"Tango per l'Ovest, Masai per l'Est. Anche quando si tratta delle mie origini, maggiore, non esco mai dalle tenebre africane."

Welton gli lanciò uno sguardo truce, come se – ancora una volta – non credesse neppure a una parola di ciò che aveva appena udito.

"Tango continua a non essere un nome. È una fottutissima danza. Non è un nome, dannazione!"

"Per me è solo il nome scelto da mio padre, maggiore. E in quanto tale, lo rispetto. Ora devo lasciarla, il mio battaglione mi attende."

Con la medesima durezza con cui aveva posto termine alla conversazione, Tango Masai salutò battendo i tacchi e scomparve in fondo al cortile, senza voltarsi.

Quel giorno Welton capì che sarebbe stato inutile interrogarlo di nuovo. Quell'uomo segreto non si sarebbe mai svelato completamente e, cosa assai più grave, si sarebbe sempre mostrato insofferente a ogni forma di disciplina.

Tre mesi prima di riconquistare la libertà, quando si era ormai abituato alla vita militare di Dodoma, Tango Masai ricevette una lettera che gli annunciava due cose. La prima: era stato promosso di grado; la seconda: avrebbe prestato servizio a Tabora.

Sbalordito, chiese subito di essere ricevuto dal maggiore: l'appuntamento fu fissato per l'indomani.

Quel giorno la canicola era tale che le tempie ingrigite di Welton apparivano ricoperte di goccioline di sudore, che non tardavano a ricomparire ogni volta che il fazzoletto le asciugava.

"Cosa posso fare per lei?" chiese Welton, con tono provocatorio.

"Spiegarmi la ragione di questo, maggiore."

Tango gli mostrò la lettera, che il comandante aveva vergato e firmato di proprio pugno.

Welton gli rivolse un grande sorriso e rispose con condiscendenza:

"Ah, sì, la sua promozione. Ne è felice, mi auguro."

Il viso del giovane ufficiale fu come impietrito.

"Perché Tabora?"

"Il sultano di Tabora, un fedele alleato della Corona, mi ha chiesto espressamente di inviargli un ufficiale di valore che si occupi della formazione delle sue truppe e garantisca la sicurezza della città. Ho subito pensato a lei."

Tango attese pazientemente che Welton proseguisse.

"Come può facilmente capire," riprese il maggiore, sforzandosi di ignorare il disagio e la tensione che li dividevano, "un'opportunità del genere non le si presenterà due volte."

"Proprio per questo, preferirei rifiutare la promozione, maggiore."

Colto alla sprovvista dallo scarso entusiasmo del suo interlocutore, Welton si raddrizzò sulla poltrona e portò una mano al colletto, che sentì improvvisamente troppo stretto.

"Rifiutare... una... promozione?"

"Sì, maggiore. Senza alcuna volontà di offenderla, naturalmente."

Welton sembrava prossimo a un colpo apoplettico.

"È così, dunque? Continua a mettere in discussione i miei ordini?" sbottò, con voce furiosa. Poi si alzò di scatto e, puntando un dito contro il sottoposto, dichiarò, in tono inappellabile:

"Sa che un simile atto di insubordinazione può spedirla davanti alla corte marziale?"

Infastidito dalla piega che aveva preso il colloquio, Tango tentò di giustificarsi un'ultima volta.

"Lo so, maggiore. Ma se mi è concessa la possibilità di scegliere..."

"Scegliere? E cosa spera? Una nomina al quartier generale di Dar-es-Salaam? Un posto a Londra, direttamente al servizio di Sua Maestà, come portastendardo?"

"No, no, maggiore, affatto. Ma penso che Arusha sarebbe stata più consona alle mie attitudini. È una regione che conosco assai bene, e per i pochi mesi che devo ancora passare al servizio della Corona, io..."

"Adesso ne ho abbastanza!" gridò Welton, con la schiuma alla bocca. "Da quasi un anno, mi rende la vita impossibile! È un anno che vuole fare di testa sua!"

Comprendendo improvvisamente che la collera non avrebbe cambiato minimamente le posizioni in quel confronto, come per miracolo il maggiore si calmò e, riprendendo fiato, proseguì con voce dolce, quasi affettuosa:

"C'è una cosa che mi rattrista in modo particolare: il fatto che, da un punto di vista strettamente militare, lei è un elemento di prim'ordine. Affronta con successo le missioni più pericolose e sa gestire gli uomini come nessun altro. Proprio per queste doti io l'ho scelta per quell'incarico."

Tango ascoltava senza reagire. Sapeva che dopo la calma sarebbe venuta la tempesta. Non dovette attendere a lungo.

Il maggiore batté un pugno sulla scrivania e ruggì di nuovo, come un leone:

"La sua cocciutaggine è davvero incredibile! Sempre a discutere gli ordini! Sempre a controbattere! È qualcosa di assolutamente intollerabile!"

Poi, a poco a poco si calmò, si terse la fronte e si lasciò ricadere nella poltrona.

"Tabora, o la corte marziale. A lei la scelta."

Un lungo silenzio.

"Ci penserò."

Il viso del maggiore si fece talmente congestionato che sembrò sul punto di esplodere.

"Esigo una risposta immediata! Subito, adesso! Altrimenti le garantisco vent'anni d'inferno su questa terra!"

Quasi controvoglia, Tango chinò il capo e disse: "Poiché non mi lascia alternative, maggiore, sarà Tabora."

Welton emise un lungo sospiro, sfiancato. Impugnando una penna, scribacchiò qualche riga su un foglio.

"Benissimo. Informo immediatamente il sultano Sayid al Saada della sua decisione, e gli comunico che prenderà servizio dalla settimana prossima."

Improvvisamente di ottimo umore, firmò la lettera; agitò il foglio affinché l'inchiostro asciugasse; poi aggiunse, con un sorriso soddisfatto:

"Ha un'ora per fare i bagagli e congedarsi dai suoi commilitoni. Voglio che stasera abbia già lasciato la città. D'ora in poi, farò a meno dei suoi servigi. Dodoma non ha più bisogno di lei."

7

Così Tango Masai lasciò Dodoma, la città maledetta che non avrebbe mai più rivisto nella sua vita.

Prese la strada che conduceva a ovest, attraversò le distese paludose di Bahi, oltre le balze della Rift Valley, e si lanciò al galoppo nella sterpaglia.

Dopo due giorni di cavallo, in pieno meriggio, proprio nelle ore più calde, arrivò infine a Tabora.

Oltrepassò la Porta di Giada e raggiunse il centro cittadino, aprendosi il cammino fra carovane di mercanti, bottegai, mendicanti e cani. Al primo impatto, la città gli parve strana e inquietante. Era sporca e rumorosa: miasmi pestilenziali si levavano dalle viuzze ingombre di rifiuti; da ogni parte risuonavano rumori assordanti che salivano sino al cielo. Avanzò solitario in mezzo al clamore e agli effluvi nauseabondi, senza capire la natura del mondo in cui aveva appena messo piede. Eppure, nonostante tutto ciò, Tabora lo attraeva. Dietro il fetore e il caos, c'erano una grazia e un'anima che conferivano a quel posto una sorta di aura. Per la prima volta, Tango – che non aveva mai vissuto fuori dai territori masai, nel cuore della natura più incontaminata – si sentì affascinato dai muri di pietra di quella città, al punto da considerarla bella come una montagna, un lago, una collina.

Era giorno di mercato. In una piazza, abbellita da una fontana con elefanti, alcuni commercianti arabi e swahili avevano impiantato le loro bancarelle e, con grida e ampi gesti delle mani, invitavano i passanti ad acquistare le loro mercanzie.

Tango procedette sino al centro della piazza, smontò da cavallo, legò le redini a un anello di ferro della fontana e si avvicinò lentamente al palazzo. Una sentinella di guardia alla scalinata di pietra lo interrogò:

"Chi è lei? Cosa vuole?"

"Il mio nome è Tango Masai. Sono stato inviato qui dal maggiore Welton. Chiedo di essere ricevuto dal sultano Sayid al Saada."

Presentò il documento che il maggiore gli aveva consegnato e attese. Con ogni probabilità la guardia sapeva a malapena leggere, e così prese il foglio e cercò di decifrarne le parole per lunghi momenti. Il sigillo ufficiale dell'esercito britannico e le ampie volute della firma di Welton bastarono a provargli l'autenticità del mandato. Con un cenno affermativo del capo disse:

"Sì, il sultano è al corrente del suo arrivo. La aspetta al primo piano del palazzo."

In effetti, pochi momenti più tardi, Sayid al Saada lo ricevette nella sala del consiglio. Il sultano lo invitò a sedere di fronte al proprio scrittoio e lo squadrò a lungo, prima di prendere la parola. Quell'uomo in uniforme nera, che vedeva per la prima volta e che sembrava uscito da un'Africa ancestrale, gli faceva una certa impressione.

"E così lei è l'uomo mandato da Welton per addestrare e comandare le mie truppe..."

"Mi sono stati concessi questo onore e questo privilegio, Eccellenza."

"Sa i motivi per i quali è stato inviato quaggiù?"

"Per proteggere Tabora, suppongo."

Il sultano scoppiò a ridere.

"Assolutamente no. Tabora non ha bisogno di alcuna protezione. Da oltre un secolo, in queste regioni regna la pace – e siamo in grado di tenere i nostri nemici a debita distanza. La nostra unica paura deriva dai tumulti e dai furti perpetrati da bande di malfattori, attratti dalle ricchezze dei mercanti che ogni giorno attraversano la città."

"Ma, in tal caso, perché sono stato comandato a Tabora, per quali ragioni?"

Sayid al Saada aggrottò le sopracciglia e rispose: "Sulla base del trattato di alleanza con gli inglesi, io sono obbligato ad accettare di condividere il comando della città con un ufficiale designato dal maggiore Welton. Il suo predecessore è caduto vittima della dissenteria, e mi sono visto costretto a chiedere un sostituto. Ma, nel nome di Allah, le giuro che, se ne avessi avuto la possibilità, non l'avrei certo voluta qui."

Tango Masai s'irrigidì istintivamente.

"In tal caso, capisco. In un certo senso è un esilio. Il maggiore spedisce quaggiù gli ufficiali di cui desidera sbarazzarsi."

"Vedo che comprende perfettamente la situazione. Di conseguenza, non la stupirà sapere che la durata del suo soggiorno qui dipenderà dall'autorità che sarà in grado di esercitare sulle mie truppe. A proposito, sa comandare dei soldati?"

"Ho una certa esperienza in materia."

Il sultano si portò una mano alla barba, facendo tintinnare le perle che gli adornavano i polsi.

"Non ne dubito. Avrà il comando di cinquanta uomini. Comunque, non dimentichi mai che sono io a comandare lei."

Il sultano batté le mani e annunciò, con voce squillante:

"Ecco Tariq, il mio primo consigliere: con lui dividerà il controllo militare della città."

Improvvisamente, un vecchio uscì dall'ombra e avanzò verso di loro. Era piccolo, con gli occhi neri e la pelle scurissima.

"Tariq, ti presento l'ufficiale inviatoci dal maggiore Welton."

L'anziano consigliere, che dal nascondiglio non si era perso una sola parola della loro conversazione, s'inchinò di fronte al proprio signore; ripeté il medesimo gesto quando incrociò lo sguardo dello straniero. Con voce melliflua, sibilò:

"Benvenuto a te, Tango Masai. Benvenuto a Tabora."

Poi, senza sostenere lo sguardo del suo interlocutore, lo salutò ancora per tre volte, inchinandosi sino a piegarsi in due, come una marionetta disarticolata.

In quel momento, alla vista di una falsità così disvelata, Tango Masai capì che non avrebbe potuto fidarsi di nessuno.

Com'era prevedibile, le relazioni fra Tariq e Tango Masai precipitarono alla velocità di un cavallo lanciato al galoppo. Sin dai primi giorni dopo il suo arrivo il nuovo comandante della guarnigione di Tabora ebbe modo di saggiare l'ampiezza del cataclisma che la sua venuta aveva provocato nel sistema politico impiantato e gestito dal consigliere. Ogni volta che i due si ritrovavano uno di fronte all'altro, il vento dell'inimicizia spazzava la stanza. Nonostante l'identica dignità gerarchica, e benché l'ufficiale si sforzasse di non mancare di rispetto al vecchio, era innegabile che agli occhi di Tariq Tango Masai rappresentava il tipico sassolino nella scarpa, un fastidio che gli impediva di camminare speditamente.

Ogni mattina, all'alba, Tariq faceva visita al giovane comandante, per concordare la tabella degli impegni della giornata. Ben presto, però, Tango Masai cambiò il suo atteggiamento disponibile: rifiutò di sottomettersi ad alcuni ordini del sultano. Che si trattasse di spostamenti, di turni di guardia o di controlli da effettuare, sembrava aver sempre qualcosa da ridire: criticava le decisioni di Sayid al Saada, che spesso giudicava inadeguate. Tariq riteneva che un militare dovesse obbedire sempre ai propri superiori, senza porre alcuna domanda, e accettava soltanto a gran fatica le sue osservazioni.

Come sicuramente entrambi si aspettavano, un giorno scoppiò un conflitto: accadde quando il consigliere chiese all'ufficiale di effettuare un controllo presso i mercanti d'avorio che avevano appena montato le loro bancarelle al mercato. In quell'occasione Tango Masai si inalberò. Seduto alla propria scrivania, nell'armeria sul fianco del palazzo, senza smettere di lustrare la lama della propria spada, decise di opporre un netto rifiuto, di disobbedire.

"Sulla base di che cosa il lavoro di questi mercanti mi riguarda?" chiese improvvisamente, senza darsi la briga di mettersi sull'attenti.

In piedi di fronte a lui, sulle prime Tariq credette di aver sentito male. Di solito l'ufficiale si limitava a squadrarlo da capo a piedi per un attimo, ma alla fine obbediva sempre.

"Che cosa hai detto?"

"In che modo quel lavoro mi riguarda? Per quanto ne so, i commercianti d'avorio vanno al mercato per vendere, non per combattere o fomentare una sommossa. Perché mai dovrei controllarli?"

Il consigliere si avvicinò all'ufficiale e rispose, con voce strozzata:

"Per sapere se hanno pagato i dazi. E, se così non fosse, per farglieli pagare. Tabora ha bisogno di denaro, se non altro per assicurarsi una difesa efficiente. Lo sai perfettamente."

Per nulla intenzionato ad accettare quell'incombenza, Tango si concesse un momento – un lungo momento – per ispezionare meticolosamente la superficie sfavillante della sua spada; ne saggiò il filo con un polpastrello e, rassicurato, depose l'arma sulla scrivania.

"Credo che i quattrini servano principalmente ad assicurare i fasti del palazzo. In tal caso, ci vada lei stesso. Ho di meglio da fare, qui."

Incredulo, Tariq indirizzò uno sguardo torvo a Tango Masai.

"Per Allah, osi forse mettere in discussione gli ordini del sultano?"

"Non sono stato assegnato a Tabora per controllare un pugno di mercanti d'avorio, ma per garantire la sicurezza della città. Se i mercanti si ribellano, mettendo in pericolo l'ordine pubblico, non esiterò a intervenire. In caso contrario, non intendo lasciare la mia scrivania. Non sono qui per raccogliere le tasse, ma per far regnare la pace."

Tariq serrò i pugni con una violenza tale che le falangi scolorirono, sino a diventare bianche come la neve.

"Molto bene. Hai appena firmato la tua condanna a morte... E – Allah me ne sia testimone – posso assicurarti che, al prossimo passo falso, Sayid al Saada saprà punire la tua audacia."

Tango rimase impassibile, sforzandosi per dissimulare la propria delusione. Aveva agito per provocare: gli spiacque che il sultano non ne fosse informato subito. Poiché desiderava ardentemente riabbracciare Meeyu e i suoi cari, avrebbe accolto con gioia la radiazione dall'esercito per insubordinazione. Ma scaltramente Tariq aveva presagito i suoi intenti, e non voleva concedergli una tale soddisfazione. Prima di sbarazzarsi definitivamente di quel giovane, l'anziano consigliere voleva piegarlo come un giunco e impartirgli una severa lezione.

"Al tuo primo passo falso ti pentirai amaramente di aver osato schierarti contro di me!"

Poi, tremante di rabbia, Tariq girò sui tacchi e uscì dall'armeria senza aggiungere una sola parola. Quel giorno, due uomini erano divenuti nemici per sempre: non ci sarebbe stata una tregua sino a quando uno non avesse ottenuto la morte dell'altro.

Per Tariq l'occasione di rivalsa si presentò prima di quanto avesse messo in conto, allorché, qualche giorno dopo, Tabora fu sconvolta da un'insurrezione popolare.

La sommossa – dovuta alla carestia – era la conseguenza di due fenomeni che si erano rivelati catastrofici per l'agricoltura: il primo era costituito dalla spaventosa siccità che imperversava da tre mesi, una siccità che quell'anno aveva concesso ai campi solo un decimo delle piogge che di solito li bagnavano; il secondo era rappresentato dalla peste bovina che aveva sterminato decine di mandrie, sferzando con nefasta violenza la vita dei contadini. Sulla scia di queste calamità – che facevano di Tabora una città improvvisamente precipitata nella rovina –, gli abitanti, in maggioranza swahili, andarono a lamentarsi dal sultano delle loro sventure, appellandosi al suo aiuto, alla sua magnanimità e, in minima parte, alle sue ricchezze.

Per Tariq, era un'ottima occasione per mettere alla prova Tango Masai.

In un mattino di sole implacabile, quando ormai la situazione non era più sotto controllo, il sultano vide sfilare di fronte al proprio palazzo una folla di contadini, di miserabili, di donne e di bambini, che – per la maggior parte – erano prossimi a morire di fame. Per la prima volta da anni quei derelitti avevano osato manifestare all'interno delle mura di Tabora e assediare il palazzo. Non avendo più nulla da perdere, sembravano disposti a tutto per ottenere giustizia. Si assieparono nella piazza per oltre due ore, scandendo il nome del sultano e invocando la sua pietà. Poi, quando si accorsero che nessuno rispondeva alle loro suppliche, si fecero più aggressivi. Alcuni, i più temerari, cominciarono a raccogliere sassi e a scagliarli contro la facciata del palazzo, gridando con odio:

"Pane al popolo!"

"Morte all'affamatore!"

"Morte al tiranno!"

Senza attendere oltre, Sayid al Saada convocò il primo consigliere.

"A questo punto, Tariq, è pressoché obbligatorio intervenire, prima che la situazione precipiti. Cosa proponi di fare?"

Lusingato dal fatto che il sultano avesse ancora bisogno dei suoi consigli, il vecchio non si fece certo pregare:

"Eccellenza, è indispensabile ribadire la legittimità della sua carica, utilizzando i poteri di cui è titolare. Ha sentito le minacce del popolo? Bisogna disperdere la folla e sedare questa ribellione, indegna della sua guida politica. Non bisogna avere pietà per quella genia. Quei miserabili non meritano di essere suoi sudditi. Sono banditi, ladri, assassini. A Tabora non c'è posto per loro."

Il sultano ascoltò con attenzione le parole di Tariq, tuttavia si dimostrò restio a seguirlo lungo quei sentieri cedevoli e pericolosi. Ma una pietra scagliata con violenza contro la finestra – che per poco non lo colpì in viso – lo convinse a dar ragione al vecchio.

"Adesso basta. Dai l'ordine di caricare. E che Allah protegga i giusti!"

Subito Tariq convocò il comandante della guarnigione. Pochi minuti dopo, Tango Masai entrò nella sala del consiglio, vestito della solita uniforme nera. Ignorando ostentatamente il consigliere, si rivolse al sultano e gli chiese, con aria ingenua:

"Mi ha convocato, Eccellenza?

"Sì. Raduna tutti gli uomini disponibili e ricaccia questa gentaglia fuori dalle mura di Tabora."

L'ufficiale non si perse d'animo. Prese una sigaretta dall'astuccio che aveva in una tasca della divisa e se la infilò in bocca; poi rispose, con tono disinvolto:

"È stato Tariq a consigliarle di agire in questo modo, vero?"

"Tariq o qualcun altro, non ha importanza. È un ordine che viene da me, e sei tenuto a obbedire."

"Non lo reputi un affronto, Eccellenza, ma per una volta non obbedirò."

Come se fosse stato colpito da una frustata in pieno volto, il sultano rimase senza parole. Fu Tariq, accecato dalla collera, a prenderne le difese:

"Osi forse mettere in discussione gli ordini del sultano? Sai che potresti essere sbattuto in galera per il tuo comportamento?"

Sayid al Saada temporeggiò:

"Lasciaci soli, Tariq. Ho bisogno di discutere a quattr'occhi con Tango Masai."

"Ma, Eccellenza..."

"Lasciaci soli!"

Il suo tono non ammetteva alcuna possibilità di replica. Dopo aver lanciato uno sguardo in tralice al suo nemico, un'occhiata che rivelava la soddisfazione procuratagli dalla presa di posizione di Sayid al Saada, il consigliere obbedì e si eclissò, borbottando.

I due uomini si ritrovarono soli, faccia a faccia.

"Tariq ha ragione. Potrei metterti agli arresti per insubordinazione. Come osi discutere i miei ordini?"

"Prima di arrivare a misure così estreme, ascolti la mia richiesta, Eccellenza. Poi, potrà giudicarmi."

"Cosa? Una richiesta?! Dunque, hai una richiesta da farmi. Sentiamo: qual è?"

Tango si avvicinò alla scrivania dietro la quale troneggiava il sultano.

"Le chiedo di andare a parlare a quella povera gente, sotto la mia protezione, e di distribuire a ciascuno di quegli individui del denaro o del cibo. È l'unico modo per sottrarli alla carestia ed evitare un bagno di sangue."

Il sultano fu sul punto di soffocare per un accesso di collera.

"Ti rifiuti di caricare i rivoltosi? E mi chiedi di far loro la carità, di prenderli per mano e rimandarli a casa, come se niente fosse?"

"Sì."

Sayid al Saada passò improvvisamente dalla rabbia alla meraviglia: adesso, non sapeva più che cosa pensare.

"Dimmi, ti prego, qual è la ragione della tua insubordinazione?"

Il comandante dell'esercito di Tabora fece il giro della scrivania, si avvicinò alla finestra e indicò i capi della sommossa attraverso gli interstizi della *musrabiyyah*.

"Osservi quella gente: è un amalgama di quanto di più patetico e basso possono offrire in questo paese la miseria e la povertà. Vecchie donne dalle reni spezzate, uomini rachitici, bambini sofferenti. Tutti i bisognosi, i mendicanti e i diseredati della regione sono radunati qui e si offrono all'indifferenza del suo sguardo. Questi miserabili sono disarmati e a stomaco vuoto. Io non sono un assassino. E la loro condizione può essere considerata l'inevitabile conseguenza della sua politica, Eccellenza."

"Com'è possibile?"

"Ogni giorno Tabora vede sfilare carovane colme di ricchezze. Io, però, vedo anche una folla di miserabili e di mendicanti che, con sguardi carichi di risentimento, osservano il passaggio di quei convogli mercantili. Ciò ha causato alcuni tafferugli, e i miei soldati hanno sempre dovuto intervenire per evitare che si arrivasse al peggio. E oggi, eccoli sotto le finestre del suo palazzo. Era prevedibile. Tabora non ha nemici da temere, perché è il peggior nemico di se stessa."

Sayid al Saada rimase in silenzio per un istante; poi disse:

"Stai dicendo che il pericolo viene dal popolo?"

"Sì, Eccellenza. Ormai si può esserne certi."

"In tal caso, devo considerare quella gente come nemici. La carestia di cui parli è la loro, non la mia. Devono soltanto prendersela con il cielo, pregare perché cada la pioggia e perché la peste bovina e la siccità lascino finalmente le nostre terre. La preghiera è salvifica."

"Forse," rispose Tango Masai, assai poco incline a credere ai miracoli. "Ma le preghiere nutrono soltanto l'anima, e il popolo ha fame di pane. Bisogna adottare misure concrete."

Fece qualche passo in direzione del sultano, si chinò verso di lui e gli sussurrò all'orecchio:

"O assicura al popolo una minima rendita, imponendo una tassa sul passaggio delle carovane a Tabora, oppure recluta quegli individui per rinfoltire i ranghi dell'esercito. In entrambi i casi, riuscirà a evitare i conflitti e rafforzerà la sicurezza della città."

Sorpreso, Sayid al Saada prese a riflettere ad alta voce:

"Ho già imposto una serie di tasse: i carovanieri non accetteranno mai che le aumenti senza interpellarli. D'altra parte, non credo che questa folla possa costituire un autentico pericolo. Sarebbe sufficiente una carica per disperderla come polvere al vento."

"Non ne sarei così sicuro, Eccellenza. In qualsiasi caso, sarebbe preferibile costituire un vero e proprio esercito, piuttosto che affidarsi a quel branco d'incapaci che mi è stato dato di vedere fino a oggi. La carica di sultano è invidiabile, ma temo che a volte possa risultare effimera."

Il sultano sentì la collera risalirgli le vene, verso il cervello, ma non riuscì a frenarne l'impeto. Fulminò Tango Masai con lo sguardo.

"Osi forse minacciarmi?"

"Lungi da me una simile idea, Eccellenza," replicò l'ufficiale, con una punta d'ironia. "Ma basta che un esercito si presenti alle porte di Tabora perché la città sia annientata."

Accecato dall'ira, Sayid al Saada afferrò improvvisamente lo stiletto che teneva sullo scrittoio – un oggetto al quale era particolarmente affezionato – e si alzò dalla poltrona, deciso a colpire.

"Miserabile! Potrei ucciderti per le parole che hai appena pronunciato! È impossibile che Tabora sia annientata!"

Tango reagì immediatamente. Afferrò il polso di Sayid al Saada e lo costrinse ad aprire la mano: il pugnale cadde sul pavimento e si ruppe.

"Fuori di qui!" urlò il sultano. "Da questo momento, sei bandito dalla città! Non voglio vederti mai più a Tabora."

Con un sorriso carico di fiele, Tango Masai ribatté:

"Me ne vado, sì. Ma un giorno tornerò. E quel giorno, prenderò il suo posto di sultano."

Senza aspettare una replica, Tango si affrettò a raggiungere le scuderie del palazzo. Lì, montò a cavallo e, con le redini in pugno, ordinò che gli venisse aperto il portone.

"Cosa conta di fare?" gli domandò un palafreniere.

"Lasciare subito questa città."

"Ma ha visto la folla qui fuori?"

"Sì."

L'uomo lo fissò, perplesso.

"E crede di riuscire a superarla indenne?"

"Non ne ho idea. Ma voi lo saprete presto."

Allora, mentre il cavallo scalpitava e nitriva e i suoi soldati gli rivolgevano lo sguardo compassionevole che si concede ai gladiatori un istante prima che entrino nell'arena, Tango Masai pronunciò queste parole:

“Voglio lasciare questa città, a costo di morire nel sole tremendo che impazza là fuori!”

Spronò il cavallo e uscì al galoppo dall’edificio, lanciandosi nella piazza della fontana degli elefanti. Il sole, quasi allo zenit, lo abbagliò, impedendogli di cogliere la consistenza e le intenzioni della folla che, continuando a scandire il nome del sultano, fu enormemente sorpresa dall’apparizione di quel cavaliere solitario. Chi era? Un suicida? Poi alcuni riconobbero il comandante della guarnigione di Tabora e, per loro sventura, credettero che fosse lì per smembrarli a sciabolate.

Allorché vide Tango Masai galoppare verso di lui, un uomo impugnò un forcone: al passaggio del cavaliere, assestò un violentissimo colpo al fianco destro del suo animale, squarciandolo dal garrese all’inguine. Il destriero s’impennò per il dolore.

Comprendendo che solo un contrattacco lo avrebbe salvato, Tango Masai si gettò a capofitto nella lotta, e si fece largo tra la folla menando fendenti a destra e a manca. I suoi colpi andarono più volte a segno, seminando nella turba un vento di panico.

“Dio mi sia testimone che non volevo che tutto ciò accadesse! Dio mi sia testimone, non lo volevo!”

Dagli interstizi di una *musrabiyyah,* Sayid al Saada assisteva terrorizzato a quel macabro spettacolo.

L’ultima immagine che ebbe negli occhi fu quella di Tango Masai che, con la bocca schiumante e i capelli al vento, si scagliava contro dieci uomini alla volta, mentre il suo cavallo – la gualdrappa intrisa di sangue e sudore – s’impennava e galoppava in una nuvola di polvere rossa.

8

Comunque Tango Masai non morì.

Per una sorta di miracolo riuscì ad attraversare la piazza. Se, spinto dal desiderio di mostrare a tutti di saper compiere un atto di enorme coraggio, un temerario urlante osava scagliarsi contro il cavaliere, subito la lama della sua spada gli si abbatteva addosso. Sì, come per miracolo, avrebbe dovuto morire cento volte, ma per cento volte sopravvisse.

Tango Masai sembrava invulnerabile, protetto da una divinità che lo riparava da ogni male.

Tutti gli abitanti di Tabora serbarono nella mente l'immagine di un uomo infuriato, in groppa a un cavallo dalla gualdrappa intrisa di sangue, di un individuo i cui fendenti uccisero dieci persone e ne ferirono oltre una ventina. Nonostante l'orrore di quello spettacolo, nessuno avrebbe mai dimenticato il modo in cui il cavaliere solcò la folla di manifestanti, sollevando turbini di sabbia rossa, raggiunse la Porta d'Avorio e, lanciandosi in un ultimo galoppo, lasciò Tabora per non tornarvi mai più.

Nei quattro anni che seguirono, nessuno rivide Tango Masai.

Per molto tempo, la gente si chiese che cosa ne fosse stato di lui, dopo quella clamorosa fuga. Circolarono molte storie, in versioni contraddittorie o completamente folli. Alcuni, con voce abbastanza emozionata da risultare persino credibile, sostennero di aver visto in cielo il fantasma di un cavaliere rosso, lanciato al galoppo fra le nubi, la cui figura inquietante si era avvicinata al sole tanto da infiammare l'orizzonte, avanti di dileguarsi al primo raggio di luna. Coloro che credettero a questo racconto vi lessero un segno di Dio, pur senza trovare un accordo riguardo a un elemento fondamentale: Tango Masai era un angelo o un demone? In qualsiasi caso, nessuno mise in discussione un altro punto: era necessaria un'essenza divina per osare lanciarsi tra una folla inferocita e uscirne vivi. Altri rifiutarono questa spiegazione e affermarono che era semplicemente morto: il suo corpo non era mai stato ritrovato perché qualche animale selvatico lo aveva divorato. Altri ancora giurarono che quel giorno, a Tabora, non era accaduto assolutamente nulla, e che la sommossa popolare era soltanto il frutto dell'immaginazione collettiva – Sayid al Saada, un sultano pacifico e bonario, mai avrebbe affamato il proprio popolo. Qualcuno si spinse persino a sostenere che Tango Masai non era mai esistito.

Ovviamente, la verità era un'altra.

Uscito da Tabora, Tango Masai non ebbe alcuna possibilità di scegliere: poteva soltanto imboccare la strada che conduceva a nord – quelle che portavano a est, a sud e a ovest erano sotto il controllo militare –, una via che gli avrebbe consentito di raggiungere la regione dei grandi laghi, ma che attraversava il deserto del Paese della Luna.

Si trattava di un deserto degno del suo nome: era arido, secco e inospitale almeno quanto l'astro lunare. Una valle imbiancata dal sale, che serpeggiava fra rosse montagne, ostile alla vita al punto che lì riuscivano a vivere soltanto serpenti, fiere e uccelli rapaci. Persino gli stregoni più temprati dal duro clima del Tanganika evitavano quella regione, e quando si ritrovavano obbligati a compierne la temuta traversata si muovevano di notte, in gruppi piuttosto numerosi, salmodiando preghiere per tenere lontano gli spiriti maligni.

Tango Masai affrontò quel deserto da solo, senza viveri e praticamente senz'acqua. Fu un'esperienza dolorosa, che avrebbe potuto ucciderlo, ma alla quale sopravvisse grazie alla sua incrollabile forza di volontà.

Si cimentò in quell'impresa, fiducioso nella propria buona stella, sperando che in meno di quindici giorni avrebbe raggiunto i territori masai. Tuttavia, fu costretto ad abbandonare quell'idea quasi subito. Il suo cavallo, la cui ferita si era incancrenita, mostrava segni di estrema debolezza; al giovane presto fu chiaro che la sua magra riserva d'acqua non sarebbe bastata per entrambi.

Errò a lungo per le pianure deserte, in balia del dolore, della sete, della fatica, della solitudine.

Dopo sei interminabili giorni d'inferno, intrappolato nella vertigine del proprio vagabondaggio, Tango Masai comprese di essersi perso. Presto non ebbe più idea di dove fosse, di chi fosse, né di cosa facesse lì, da qualche parte del deserto della Luna, a metà strada fra Tabora e Kibara. Sapeva un'unica cosa: che sarebbe morto da solo, senz'acqua e senza conforti, dimenticato dal mondo e dai suoi cari. E che nessuno avrebbe mai saputo della sua terribile fine.

In preda al delirio camminò per molte ore, sempre di notte, stringendo le redini del cavallo in una mano e salmodiando:

"Dio mi sia testimone che non volevo che tutto ciò accadesse!"

Poi, alla settima alba, quando si rese conto che né lui né l'animale sarebbero stati in grado di compiere anche un solo passo di più, si rifugiò all'ombra di una roccia, si sdraiò, appoggiò comodamente la testa contro la parete di pietra ancora fresca e, con la gola riarsa, attese la morte.

Fu la pioggia a salvarlo. Una pioggia rarissima e calda, che una o due volte all'anno si rovesciava su quel deserto di polvere e gli donava una parvenza di vita. Allorché le prime gocce gli bagnarono il viso, il giovane non reagì. Poi, quando i rovesci presero a scrosciare su quelle terre dimenticate, l'acqua del cielo lo rianimò; le ferite del cavallo furono mondate. Riprese coraggio. Nutrendosi di qualche radice di cui suggeva avidamente la linfa, recuperò lentamente le forze.

Piovve per tre giorni di seguito, senza interruzioni. Il deserto della Luna si trasformò in un'immensa palude, che il sole seccò in poche ore.

Tango Masai riprese il cammino, e proseguì dritto davanti a sé, senza mai cambiare direzione.

Pochi giorni dopo un cavaliere esangue entrò a Kibara, mezzo svenuto, in groppa all'ombra di un cavallo, sul fianco destro del quale campeggiava una lunga cicatrice. L'animale avanzò sino al centro del villaggio, si fermò di fronte alla capanna di Makondo e attese pazientemente lo spuntare del sole.

Quando sorse l'alba il vecchio *laibon* si alzò, trovandosi di fronte alla strana apparizione di un soldato stremato: un soldato la cui forma di carne gli parve così fragile e impalpabile che pensò che si trattasse di un sogno che perdurava dopo il risveglio. Per nulla stupito da quell'immagine insolita – ma in qualche modo comune nelle sue notti e nei suoi giorni, visto che passava il tempo cercando di sognare a occhi aperti, che quotidianamente si occupava dell'immateriale, che viveva in contiguità con i morti –, la superò e se ne andò. Come al solito, raggiunse il tronco d'albero, si sedette e, contemplando la nascita del sole, cominciò a pregare. Ogni tanto, tuttavia, interrompeva i canti e gettava uno sguardo furtivo oltre la propria spalla: l'apparizione era sempre lì. La sua ostinazione a mantenersi reale lo intrigò, pur senza suscitare in lui una reazione particolare. Soltanto quando il cavaliere cadde dalla sella, Makondo decise di alzarsi. Tornò verso la capanna e disse, con voce sorprendentemente calma:

"Meeyu. Credo che lo spirito di tuo marito sia venuto a farci visita."

La giovane donna uscì di corsa dalla casupola: sotto la grande acacia che proteggeva la famiglia dalla violenza del sole, vide l'immagine incerta e confusa del giovane che per tanto tempo aveva atteso, dell'uomo che credeva di non rivedere mai più.

"Tango!" esclamò.

Emozionata sino alle lacrime, si precipitò verso il marito, s'inginocchiò, gli posò una mano sul volto, gli accarezzò a lungo i capelli e, divorandolo con gli occhi, proruppe in un pianto di gioia.

Si voltò verso il padre e disse, quasi in tono di confidenza:

"Non è uno spirito. È proprio lui."

Makondo ribatté:

"Impossibile. Stanotte ho sognato che Tango era morto nel deserto della Luna. Non può essere lui."

Per mettersi l'animo in pace, comunque il vecchio *laibon* si avvicinò all'apparizione e, posandogli una mano sul viso agonizzante, poté rendersi conto della sua strabiliante materialità.

Come se l'avesse appoggiata su uno strato di braci, ritrasse subitamente la mano e gridò:

"Oddio! È la prima volta che vedo uno spirito così vivo!"

Tango Masai dormì per due giorni filati, senza riprendere conoscenza. Quando finalmente si svegliò, la prima cosa che riuscì a distinguere fu una faretra d'avorio appesa sul muro che aveva di fronte – una faretra che conosceva assai bene, poiché aveva visto più volte Makondo che l'indossava per andare a caccia. Capì allora di essere arrivato a Kibara e di trovarsi nella casa che era stato costretto a lasciare forzatamente un anno prima.

Quando riuscì a mettere a fuoco lo sguardo, scoprì il volto di Meeyu chino su di sé: un volto così bello e così puro che ne rimase sconvolto, come se il sonno in cui era immerso da giorni non fosse ancora terminato, come se non si sentisse ancora pronto ad affrontare il mondo reale. Un'immagine della quale era stato privato per un anno intero.

La giovane donna indossava un'elegante collana di perle bianche; aveva la pelle ricoperta di diatomite e i capelli intrecciati e laccati con olio di palma. Lo guardò, e sorrise.

"Sono morto, vero?" domandò Tango Masai.

Nonostante la gioia provata nel vederlo tornare in sé, Meeyu rispose con estrema franchezza:

"Sta a te dirlo. Mio padre è convinto che tu sia uno spirito."

"Uno spirito?"

"Sì. Sostiene esattamente questo."

"E come fa a saperlo?"

"Lo ha sognato."

"Allora dev'essere vero."

Per un lungo momento, il giovane tenne gli occhi chiusi, poi proseguì:

"Ma com'è possibile che io sia qui, accanto a te?"

"Non lo so. Ti ho trovato svenuto ai piedi del tuo cavallo."

"Allora dev'essere un miracolo. A quanto ricordo, sono morto nel deserto della Luna."

"È esattamente il sogno di mio padre. Forse sei morto laggiù, e oggi sei rinato qui. Solo Enk-ai può conoscere la verità."

"Makondo ha ragione, Meeyu. Non posso che essere uno spirito."

La giovane scoppiò a ridere.

"Non c'è differenza. Adesso non lascerò più che te ne vada senza di me. Sono pronta a vivere con un fantasma, se sarà necessario."

Tango Masai sorrise, divertito da quella situazione; tenne la mano di Meeyu nella propria e, felice, sentì il soffio della vita rinascere in sé.

Quando Tango Masai ebbe recuperato la salute e le forze, a Kibara fu organizzata una grande festa, per celebrare il suo ritorno in famiglia. Che fosse o no uno spirito, che fosse tornato dal regno delle tenebre, non importava granché. Era comunque un grande evento. E l'intero villaggio si radunò per celebrarlo e per festeggiare quel ritorno.

Decine di invitati accorsero da ogni paese. Si arrostirono molti montoni, e si bevve idromele sino a notte fonda, ballando al suono dei tamburi. Finalmente libero dall'esercito britannico e dal giogo del sultano, Tango – scampato miracolosamente al deserto della Luna – si ubriacò di alcol, musica e danze. Per un anno intero, non aveva assaporato una simile felicità, e così giurò a se stesso che sarebbe stato libero per tutti i giorni che gli rimanevano da vivere sulla terra, in quel paese, tra quel popolo che ormai era il suo.

L'indomani della festa, quando giunse il momento degli addii, un uomo anziano dalla pelle colorata di rosso si confidò con Makondo:

"Queste cerimonie stanno diventando sempre più rare."

"È proprio così, Tampiati," replicò il vecchio *laibon*, abbozzando un sorriso. "È davvero una sventura. Ma non possiamo farci niente."

"Se non prendere le armi e ribellarci," ribatté Tampiati. "Per un popolo come il nostro è la sola possibilità."

Makondo lo fulminò con lo sguardo. Spiazzato dalla reazione del *laibon*, l'uomo preferì andarsene senza aggiungere altro.

Non appena si ritrovarono soli, Tango, cui non era sfuggita neppure una parola di quella conversazione, incalzò Makondo.

"Cosa intendeva dire quell'uomo? Perché non ci sono più feste?"

"Il governo ha appena vietato le cerimonie ufficiali e le adunanze di oltre cento persone all'interno delle nostre riserve."

"E per quali motivi?"

"Senza dubbio, si tratta di una misura di sicurezza. I britannici si fidano sempre di meno della popolazione del Tanganika. Ci sono stati alcuni incidenti, nel Nord e nella zona centrale del paese. E una sommossa popolare ha quasi rovesciato il sultano di Tabora. Sono dovuti intervenire gli inglesi per reprimere la rivolta e disperdere la folla. Come ritorsione, il governo ha promulgato questa legge."

Tango, che non aveva raccontato del proprio ruolo in quella faccenda, giudicò prudente mantenere il silenzio.

Makondo aggiunse, con un sospiro:

"La vita si fa sempre più difficile. Gli inglesi e i sultani sono alleati contro di noi."

Tango rifletté per un attimo, poi sbottò:

"Quell'uomo aveva ragione."

"Chi?"

"Quel Tampiati. Dobbiamo prendere le armi e ribellarci."

"E così anche tu pensi che sia necessario arrivare a uno spargimento di sangue?"

"Per conquistare la libertà, sì. Se sarà necessario, il sangue scorrerà. Lo giuro."

"Che cosa intendi dire?" domandò Makondo, preoccupato.

Tango Masai lo guardò fisso negli occhi; poi rispose, con voce grave:

"A partire da oggi, giuro di lottare in ogni momento per la libertà, contro il giogo dei britannici e dei sultani che hanno reso questo paese un inferno. D'ora in avanti sarò il cantore della libertà, il liberatore del Tanganika. Radunerò un esercito e mi metterò in marcia."

"E con quali soldi pensi di diventare un liberatore?" gli chiese Makondo, vagamente divertito dalla temerità.

Era un'obiezione che non teneva conto della sicurezza e della determinazione di quell'uomo che, da perfetto visionario, aveva già escogitato un metodo per raggiungere i propri fini.

"Venderò la miniera di Arusha."

"La miniera Ferrer?"

"Sì. Se fosse vivo, mio padre sarebbe d'accordo nel sostenere questa causa."

"Ma è una follia! Un'autentica follia!"

"Forse sì. Ma non abbiamo più scelta. Dobbiamo vivere liberi, o morire per la libertà."

Tango Masai mantenne la parola. Con il ricavato della vendita della miniera di tanzanite reclutò un'armata di mercenari, che lo seguì in battaglie sempre più crudeli, e finì per diventare il ribelle più famoso di tutta la storia del Tanganika. Fedele alla promessa che aveva fatto a se stesso, consacrò la propria esistenza alla liberazione del paese. Seminando terrore e disperazione tra le autorità dei luoghi in cui passava, alimentando un vento di libertà e una sete di giustizia tra la popolazione, in un vorticare di polvere, ceneri, sangue e furore, arrivò a creare una leggenda attorno alla propria personalità, diventando un esempio per tutti, un eroe effigiato sulle medaglie e sulle monete, una figura che ancora oggi dimora nel pantheon della memoria collettiva.

La sua fama d'eroe fu accresciuta dal fatto che, per i quattro lunghi anni in cui fece soffiare un vento di discordia come il paese non aveva mai conosciuto, Tango Masai e i suoi uomini sfuggirono a ogni tentativo di cattura.

Quando l'esercito britannico, agli ordini del maggiore Welton, apprendeva di violenze scoppiate in qualche zona del Tanganika e partiva per intervenire, all'arrivo trovava soltanto una città liberata dalla morsa del sultano, del governatore o del capo militare, una città le cui redini erano di nuovo nelle mani del popolo. Sempre, l'esercito ribelle si era già dileguato nella savana. Aveva forse fatto ritorno nelle pianure del Serengeti, dove sarebbe rimasta accampata per l'inverno? O si era rifugiata nella regione dei grandi laghi e delle paludi, fondendosi con il paesaggio sino a diventare invisibile? Oppure, per grazia di Enk-ai, si era semplicemente volatilizzata, tramutandosi in un'armata fantasma costituita di spiriti che avrebbero errato in eterno nelle distese del deserto della Luna? Nessuno poteva dirlo con sicurezza. Esisteva un'unica certezza: non se ne sarebbe più trovata traccia fino alla prossima campagna. Ma tutti ne avrebbero parlato, e il nome di Tango Masai avrebbe attraversato il paese passando di bocca in bocca, si sarebbe propagato come un ritornello, al ritmo lancinante dei tamburi, fino a smorzarsi nelle orecchie frementi di collera del maggiore Welton e in quelle – di certo, non melomani – di Sayid al Saada.

Entrambi attendevano pazientemente l'ora della vendetta: l'ora in cui Tango Masai, attirato da Tabora come da una calamita, avrebbe fatto il primo passo falso, votandosi alla sconfitta.

Finalmente, dopo quattro anni, quell'ora era suonata: soltanto Tango Masai sembrava non essersene accorto.

TERZA PARTE

9

Tre giorni dopo la morte di Sayid al Saada si svolse una nuova riunione nella sala del consiglio del palazzo di Tabora.

Come nell'occasione precedente, non vi parteciparono in molti, visto che alcuni notabili avevano ritenuto preferibile non compromettersi con attività politiche in quei tempi difficili. Comunque, Bakubé, Sangani, Hongo e Tango Masai erano lì a fronteggiarsi, ognuno arroccato sulle proprie posizioni, con l'intenzione di non concedere nulla agli altri. Solo Bakubé, il più saggio dei quattro, tentò a più riprese una mediazione fra le fazioni rivali, ricordando loro la sterilità dei contrasti, i rischi per la popolazione e la temibile ombra della guerra che si profilava all'orizzonte – ma tutti i suoi tentativi furono vani.

Poiché si trattava di una riunione d'emergenza, gli animi erano arroventati, e ogni partecipante inevitabilmente si lasciava andare a stoccate e commenti acidi.

"Tango Masai, il popolo ti accusa di aver fatto assassinare Sayid al Saada. Be', io concordo con le sue affermazioni!" proruppe Hongo, a mo' di benvenuto.

"Sai perfettamente che sono menzogne, Hongo," rispose l'interessato. "E, d'altro canto, non hai prove per suffragare questa accusa."

Un silenzio gravido di conseguenze seguì la risposta. Un silenzio improvvisamente turbato da una voce che sino ad allora non aveva rivelato il proprio suono.

"È così. E posso giurare sul mio onore che Tango non è minimamente coinvolto nella morte di Sayid al Saada. Piuttosto, chi può dire che non sei stato tu a farlo uccidere, Hongo?"

La sferzante replica di Sangani scatenò un'enorme collera nel capo dei nyamwezi. Con gli occhi iniettati di sangue, i pugni serrati e la mascella contratta, Hongo lo aggredì:

"Come osi rivolgermi accuse simili?"

Sangani non si scompose minimamente.

"Sì. Ti accuso di aver fatto assassinare Sayid al Saada, Hongo."

"Osi sostenere che io sono il responsabile della morte del sultano che ho servito per tanti anni? È una cosa senza senso!"

Bakubé intervenne:

"È vero. Tutti sanno che i nyamwezi devono la loro ricchezza a Sayid al Saada e ai britannici che comprano a peso d'oro il loro avorio."

Sorpreso e spiazzato nel contempo dall'intervento del pastore, Hongo rincarò:

"È vero, commerciavo con Sayid al Saada – avorio, spezie o sale provenienti dall'Africa occidentale –, ma perché mai avrei dovuto ucciderlo?"

"Proprio per questo," osservò Sangani. "Tra voi, potrebbe essere sorta una divergenza di tipo economico. E così hai pensato di punirlo con la morte, sapendo perfettamente che i sospetti sarebbero ricaduti sull'armata ribelle."

Stavolta Hongo non riuscì a controllarsi, e la sua collera esplose. In un accesso d'ira sguainò il proprio pugnale – la lama brillò nella luce della sala – e si avventò su Sangani. Ma il guerriero, pronto e scattante, si gettò all'indietro. Il capo dei nyamwezi mancò il bersaglio e ruzzolò sul pavimento. Non fece in tempo a rialzarsi. Tre uomini gli furono addosso e lo immobilizzarono al suolo.

Nella sala del consiglio risuonò la voce di Tango Masai.

"Sono terribilmente deluso, Hongo. Non ti credevo capace di una simile perfidia; avevo fiducia in te. Ma adesso capisco di essermi sbagliato. Non posso accettare che tu faccia parte del consiglio che intendo istituire."

Poi, cancellando con un gesto della mano quella scena che avrebbe potuto concludersi con l'assassinio del suo migliore amico, proseguì:

"Lasciatelo. Dategli modo di alzarsi."

I tre soldati obbedirono, e Hongo si rialzò, pallido come un cadavere: aveva gli occhi sbarrati ed era senza fiato.

"Se le cose stanno così, preferisco andarmene. Addio. Da questo momento, consideratemi un nemico."

E, stentando a contenere la collera, rinfoderò il pugnale e lasciò la sala.

"Molto bene," proseguì Tango. "L'incidente è chiuso. Ora che ci siamo sbarazzati di Hongo possiamo continuare con la riunione. Chi di voi, allora, vuol sedere nel consiglio dei saggi di Tabora?"

Si alzarono alcune mani, ma in numero insufficiente per stilare una prima lista. Fu Bakubé a intervenire.

"Questo è il risultato di un problema di base. Alcuni notabili mi hanno comunicato che, finché non sarà fatta piena luce sull'omicidio di Sayid al Saada, non parteciperanno alle riunioni."

"Dannazione!" imprecò Tango. "Di certo, questo non facilita le cose."

Rifletté per un momento, poi dichiarò:

"Propongo di creare un consiglio provvisorio, composto di cinque membri, che si faccia carico delle questioni improrogabili. Bakubé, ne sarai il responsabile: ti nomino tesoriere generale. Spero che ciò sia sufficiente per fronteggiare i problemi più urgenti."

"Benissimo," replicò il pastore. "È un piacere e un onore accettare questo incarico. È una carica che, in passato, apparteneva a Tariq, il primo consigliere di Sayid al Saada."

"Ora che ci penso..." disse il nuovo sultano, con un'aria stupita, "dov'è finito quell'uomo?"

Nessuno ebbe il tempo di rispondere alla domanda, perché un guerriero masai irruppe nella sala del consiglio. Era la sentinella che aveva già annunciato la morte di Sayid al Saada. Interpretando magistralmente il proprio ruolo di Cassandra, era venuto a Tabora per portare un'altra pessima notizia.

"Stanno arrivando gli inglesi!"

"Che cosa hai detto?"

La sentinella riprese fiato; poi, con voce strozzata, annunciò:

"Gli inglesi si preparano ad assediare Tabora. Sono stati avvistati alcuni battaglioni di soldati a sud, a ovest e a est della città."

"Qual è il loro numero?"

"Impossibile dirlo con esattezza. Di certo, alcune centinaia, e gli effettivi aumentano di minuto in minuto: da Dodoma continuano a partire rinforzi."

"Dodoma? Ma allora è Welton il responsabile di tutto questo. Qualcuno lo avrà informato della mia presenza qui. Per fortuna, ci resta la strada del Nord. Abbiamo ancora una via di scampo."

"Non è così!" replicò la sentinella. "A nord ci sono i nyamwezi. Siamo circondati."

Rammentando le prime parole di Tango Masai, un notabile esclamò:

"Ecco, è giunta l'ora di mostrarci il tuo coraggio. Perché non ti precipiti ad attaccarli?"

Il mercenario dall'uniforme nera non si scompose minimamente. Incassò senza rispondere e si limitò a riflettere.

Quella notizia scombinava ogni suo piano. Si voltò verso l'uomo che lo aveva provocato.

"Farò di meglio che attaccarli. Darò loro una lezione che ricorderanno molto, molto a lungo."

Il dignitario scoppiò a ridere.

"Temo che sia troppo tardi per fuggire. Stavolta il confronto è inevitabile."

"Benissimo. In questo caso, ognuno deve scegliere da che parte schierarsi e scendere in campo. Vedremo chi vincerà."

Ferito nell'orgoglio dalle parole di Tango Masai, il notabile si alzò con un movimento maestoso, posò lo sguardo su ciascun membro del consiglio e dichiarò:

"La morte. Ecco cosa ti aspetta."

All'annuncio dell'arrivo degli inglesi, nella città cominciò a spirare un vento carico di follia.

Tabora si divise immediatamente in due fazioni. La prima raggruppava i commercianti, i proprietari terrieri, i dignitari del passato regime e i fedeli di Sayid al Saada, coinvolti in qualche modo nella gestione della città – tutti coloro che, ebbri di gioia, si beavano dell'idea che presto avrebbero recuperato ricchezze, onori e potere. La seconda accoglieva i miserabili, i diseredati e gli esclusi, che si ostinavano a vedere in Tango Masai il difensore del popolo. Questa divisione determinò un grande tumulto popolare, una sollevazione come Tabora non aveva mai visto prima.

Non appena la notizia dell'assedio da parte delle truppe del maggiore Welton divenne di pubblico dominio, la rivolta incendiò gli animi della popolazione di Tabora, dilagando come una nube di polvere nelle viuzze labirintiche della città vecchia. I partigiani del defunto Sayid al Saada si rifugiarono nella zona meridionale dell'abitato, mentre il popolino si asserragliò in quella settentrionale. Fra la gente comune c'era un uomo di nome Nadir, più forte e coraggioso dei suoi compagni: anche se lavorava nelle miniere di sale, si improvvisò oratore e, con grande trasporto, spronò la folla, esaltandone il fervore e la passione.

"Se consentiamo agli inglesi di riprendere il potere, Tango Masai sarà ucciso, e con lui perirà quell'anelito di libertà che ci ha donato cacciando il tiranno! Dobbiamo prepararci a combattere al suo fianco!"

Dalla gente si levarono molte voci di approvazione.

Ma Bakubé, noto per la sua saggezza, tentò di stemperare quegli ardori:

"I soldati sono assai numerosi, ben addestrati, disciplinati e armati di fucili. Il popolo possiede solo la propria rabbia. Non pensi che sarebbe una lotta impari?"

Nadir ribatté:

"Siamo più numerosi di loro. E se il problema sono le armi, i ricchi commercianti di Tabora ne possiedono in gran quantità. Non c'è che da servirsi."

Quest'idea, lampante e persino lapalissiana, si diffuse rapidamente nell'uditorio.

"Nadir ha ragione. Andiamo a prenderci ciò che ci appartiene."

"Sì, avanti! E non dimenticate che agiamo in nome della libertà!"

Molti uomini dallo sguardo invasato aprirono le ostilità, saccheggiando i negozi del centro e incendiando le case dei notabili.

Quella follia si protrasse per svariate ore, e mise a ferro e fuoco la città. Nella piazza della fontana degli elefanti le due fazioni si scontrarono, e la battaglia causò molte vittime – vi persero la vita una cinquantina di ribelli e trenta accoliti di Sayid al Saada. In quella giornata, si verificarono violenze di rara atrocità. Numerose case furono incendiate, e tantissime persone che vi abitavano morirono asfissiate o bruciate.

Tutti gli abitanti di Tabora che avevano l'età per combattere parteciparono attivamente al massacro. Tutti tranne Bakubé, il vecchio saggio, che, di fronte a uno spettacolo così desolante, preferì tenersi lontano dai tumulti e osservare una giornata di digiuno e preghiera.

Fu così che Tabora, la perla del Paese della Luna, visse l'episodio più scellerato, più sanguinario e più crudele della propria storia.

"Non può continuare così! Bisogna porre fine a questa follia!"

Queste parole, che risuonarono fra le mura del palazzo, provenivano dalle labbra di Tango Masai. Estremamente provato dagli avvenimenti delle ultime ore, e constatando con amarezza che lentamente il potere gli stava scivolando via dalle mani, era incerto su quali misure adottare per sedare i tumulti.

Se avesse fatto intervenire i soldati, sarebbe stata una carneficina. Se si fosse rifiutato di prendere una qualsiasi decisione, il sangue avrebbe continuato a scorrere.

Sangani, la cui fedeltà sembrava aumentare ora dopo ora, lo seguiva come un'ombra lungo gli immensi corridoi del palazzo, cercando di aiutarlo a trovare una soluzione.

"Dimmi, Sangani, che cosa devo fare per porre fine ai massacri?"

A questo punto, il guerriero rosso gli si fece accanto e gli sussurrò all'orecchio, come se si trattasse di un segreto che solo gli dèi avrebbero potuto conoscere:

"Quello che farebbe un re."

Fu così che la guerra civile – sì, si trattava proprio di una guerra! – sfociò in una tregua tanto improvvisa quanto insolita: tutto accadde quando Tango Masai decise di intervenire di persona, giudicando che fosse stato versato sangue sufficiente perché il popolo tornasse alla ragione.

Al termine di quella tremenda giornata, quando la città era una distesa di rovine ancora fumanti, un teatro sordido e insanguinato al termine di una tragedia, uscì dal palazzo in groppa al suo cavallo e, procedendo al passo, percorse le vie, fra morti, feriti e agonizzanti.

Indifferente a ciò che avveniva intorno a sé, Tango Masai si diresse verso il cuore della mischia, come il fantasma di un soldato che avanzi lungo un campo di battaglia. Fermò il suo destriero, guardò a destra e a sinistra e, deplorando lo spettacolo che si offriva ai suoi occhi, rimase in silenzio, con un'espressione grave dipinta sul volto.

Nella piazza della fontana degli elefanti le due fazioni si fronteggiavano ancora, sebbene avessero smesso di combattere. Con la sua sola presenza l'uomo dall'uniforme nera era riuscito a estinguere le fiamme della guerra.

Nadir, con un'arma in pugno, sembrò mutarsi in una statua di sale. Bakubé, invece, aveva appena lasciato il suo ritiro per assistere a quello spettacolo: il suo corpo era percorso da fremiti, in preda a un'emozione violenta.

Fu allora che Tango Masai, fedele alla leggenda che sarebbe nata intorno al suo nome, pronunciò le parole che sarebbero risuonate per lungo tempo nelle orecchie di coloro che le udirono quel giorno:

"Credevo di portare la pace a Tabora. Ahimè, purtroppo, mi rendo conto di essermi sbagliato. Senza volerlo, ho causato la sua sventura, il suo dolore, le sue lacrime. Preferisco abdicare piuttosto che vedere la città affondare in un bagno di sangue, in un letto di ceneri."

Queste parole cariche di amarezza furono accolte da un lungo silenzio. Solo il tintinnio delle armi che venivano riposte nei foderi turbò la calma seguita a quella tremenda tempesta. Poi, il sultano proseguì:

"Da questo momento affido il mio potere ai cinque membri del consiglio che hanno accettato volontariamente l'incarico – un gesto per il quale li ringrazio. Auguro loro di farne buon uso. Non voglio che Tabora abbia la medesima sorte di Cartagine, distrutta dalla follia degli uomini. Tabora deve vivere, anche se io devo morire."

Tango Masai trasse dalla tasca dell'uniforme la pergamena in calce alla quale Sayid al Saada, prima di fuggire, aveva apposto la propria firma e, dopo averla stretta lungamente al petto, la tese a Bakubé. Il pastore la ricevette come un'offerta sacra, e s'inchinò al cavaliere nero.

Una folata di vento spazzò la piazza, creando piccoli vortici di sabbia. Il sultano dimissionario proseguì:

"Nessuno ignora che gli inglesi sono alle porte della città. Se non mi arrendo entro uno o due giorni, attaccheranno. Ma vi giuro che farò ogni cosa in mio potere per evitare che ciò accada."

Poi, senza rivolgere nemmeno uno sguardo agli uomini che aveva di fronte, Tango Masai concluse:

"Vi domando un ultimo favore: che venga inviato un messaggero dagli inglesi, per chiedere una tregua di ventiquattr'ore, al termine della quale mi arrenderò. E ora riponiamo le armi, occupiamoci dei feriti, raccogliamo e seppelliamo i morti – dopo, ognuno torni alla propria casa in silenzio. Tabora non ha più un sultano. E non ne avrà mai più."

Poi, come un'ombra che si muoveva sul fondale di quel campo di battaglia, Tango Masai, annichilito, spronò il cavallo e, con incalcolabile lentezza, tornò a palazzo.

Le sue frasi avevano spento ogni velleità di contestazione. A nessuno passò per la mente di replicare, di pronunciare anche una sola parola.

Per molti minuti neppure un brusio violò il silenzio che Tango Masai aveva lasciato sul campo di battaglia. Adesso le due fazioni rivali si fissavano immobili, come se il tempo fosse stato fermato: non riuscivano a comprendere esattamente ciò che era accaduto – capivano soltanto che la guerra era terminata all'improvviso come aveva avuto inizio. Alla fine, tutti lasciarono la piazza, uno dietro l'altro, in una lenta processione, come una troupe di attori la sera dell'ultima rappresentazione: i sani aiutavano i feriti o trasportavano i morti, radunavano le armi sparpagliate sul terreno, facendo scomparire gradualmente le tracce della tragedia che si era consumata su quel palcoscenico di sabbia imbevuta di sangue. Poi, quando non ci fu più nessuno, e la piazza venne restituita al soave profumo delle buganvillee, il sole scomparve all'orizzonte, sostituito da una miriade di stelle, immergendo lo scenario della battaglia nell'oscurità.

10

All'interno del palazzo, chiusa nei suoi appartamenti, Meeyu era distesa sul letto. Principessa d'ebano splendente nella sua nudità, vestita di semplici collane di perle, circondata dalle pesanti volute di fumo che si levavano dai bastoncini d'incenso disposti ai quattro angoli della stanza, la donna aspettava silenziosamente il ritorno di Tango Masai.

Quando l'uomo infine apparve, il suo volto aveva il pallore della morte.

La giovane gli andò incontro e gli carezzò una guancia, per confortarlo. Fu respinta. Poiché era la prima volta che si comportava in quel modo con la moglie, Tango si pentì amaramente.

"Perché questa freddezza?" mormorò Meeyu.

"Ho appena rimesso il mio potere nelle mani del consiglio presieduto da Bakubé. Da stasera non sono più il sultano di Tabora."

La giovane lo accarezzò di nuovo; stavolta il marito non si oppose al gesto.

"Hai agito in modo esemplare. Bisognava porre fine a quel massacro."

Tango tentò di giustificarsi, ma la moglie glielo impedì:

"Non devi avere alcun rimorso. Sei riuscito a restituire loro la libertà. Adesso lascia che sia il consiglio a tenere le redini del potere. Non tocca più a te. La tua missione è ormai terminata."

"Forse, Meeyu, forse. Ma ho anche promesso al popolo che gli inglesi non attaccheranno la città, poiché io mi arrenderò."

Meeyu rabbrividì. Consegnarsi agli inglesi equivaleva votarsi alla morte.

"E quello che pensi davvero di fare?"

"No. Certo che no. Devo tentare di sfuggire alle loro grinfie, in qualsiasi modo."

La donna colse l'occasione al volo e replicò:

"Sono felice che tu abbia deciso di compiere la scelta più saggia. Quando potremo lasciare Tabora?"

"Non lo so ancora. Se tutto va bene, forse domani sera, sfruttando il favore delle tenebre. Con un po' di fortuna, riusciremo ad attraversare le linee inglesi senza che ci scoprano."

"E perché non stasera?"

"Stasera? Impossibile. Non abbiamo ancora radunato le nostre truppe. Inoltre, ho concordato una tregua di ventiquattr'ore in cambio della promessa di arrendermi. Per avere modo di agire."

"Forse. Ma più passa il tempo, più le spire del serpente si stringono attorno alle nostre gole."

In quel momento, il volto di Tango Masai s'illuminò di uno strano sorriso, come se avesse appena avuto una rivelazione.

"Dio mio!" esclamò. "Come ho fatto a non pensarci prima? Ecco la soluzione! Oh, Meeyu, è tutto merito tuo!"

La giovane restò interdetta.

"Che cosa intendi dire?"

Tango Masai si alzò, abbracciò la moglie e la baciò con trasporto. Poi, senza svelare il mistero, le sussurrò:

"Non preoccuparti per la nostra fuga, Meeyu. E neppure per gli inglesi. Avranno una bella sorpresa."

Non appena Meeyu si fu coricata Tango Masai fece chiamare Sangani, che lo raggiunse nello studio appartenuto a Sayid al Saada.

"Sangani, è tempo che ti riveli i particolari del mio piano."

"Ti ascolto, Tango."

"Sai perfettamente che la nostra missione qui è finita. Ora che Tabora è stata liberata, possiamo far ritorno a Kibara."

"Sì, lo so."

"Benissimo. Allo stesso modo, sai che per fuggire dobbiamo superare le linee nemiche, affrontare le truppe del maggiore Welton, assumerci rischi assurdi e, quasi certamente, subire perdite gravissime tra le nostre file."

"Sì, sì, lo so. Ma cosa c'è di nuovo?"

Tango scoppiò a ridere.

"Cosa c'è di nuovo? Mi chiedi che cosa ci sia di nuovo nel mio piano? Ti rispondo che non c'è niente di nuovo. O meglio: quasi niente. Tranne l'essenziale. Potremo evitare di batterci con i britannici."

Sangani lo fissò, piuttosto smarrito.

"Non capisco. Gli inglesi sono accampati ai quattro punti cardinali della pianura. Come speri di sfuggire alle loro grinfie?"

L'uomo dall'uniforme nera rispose con aria misteriosa:

"Non dimenticare che io sono un fantasma."

Di fronte all'espressione confusa di Sangani, che si domandava se l'amico non avesse finito per perdere il senno, Tango Masai si spiegò più esplicitamente:

"Ricordi il sogno che tuo padre – il *laibon* Makondo – ha fatto molti anni fa: quello in cui compariva un nugolo di farfalle bianche disperso da un leone che stringeva fra gli artigli un serpente di ferro?"

"Sì, certamente. Ma non capisco cosa..."

"Credo di averne finalmente compreso il significato. In un certo senso sono riuscito a decifrare l'enigma di quel sogno premonitore."

Il guerriero rosso rivolse a Tango Masai uno sguardo sbalordito:

"Premonitore?"

"Sì. Profetico, se preferisci. Be', adesso conosco il contenuto della profezia. Meglio ancora: so che sarò io a compierla."

Con la bocca spalancata, Sangani aspettava che il suo interlocutore continuasse.

"Nel sogno compaiono tre elementi distinti: le farfalle, il leone e il serpente. Sai cosa rappresentano in realtà?"

"No."

Stavolta Tango Masai decise di regalarsi qualche momento di suspense. Si alzò dal divano, attraversò la stanza e si avvicinò alla finestra: attraverso gli interstizi della *musrabiyyah*, guardò la piazza della fontana degli elefanti, addormentata nella luce lunare. Era la sua ultima notte a Tabora, lo sapeva. E senza dubbio l'ultima volta nella propria vita in cui avrebbe potuto contemplare quella piazza dove, in più di un'occasione, si era giocato il suo destino.

"Molte tribù africane usano un linguaggio figurato e poetico per designare cose e persone. Per esempio, sai come i nyamwezi chiamano gli inglesi?"

Sangani rimase silenzioso, incapace di fornire una qualsiasi risposta.

"Le farfalle bianche."

Lui, il figlio di Makondo, come aveva potuto non pensarci prima?

"A causa del loro numero imponente e del colore chiaro delle uniformi, vero?" domandò Sangani.

"Sì, certo. Immaginati lo shock provato dai nyamwezi quando, per la prima volta, hanno visto le loro terre invase da nugoli di soldati della Corona. Nugoli di farfalle bianche che si riversavano nella loro pianura."

Tango Masai proseguì:

"Ecco dunque risolta la prima parte dell'enigma. Ora passiamo alla seconda. Il leone. A parer tuo, Sangani, chi potrebbe incarnare il leone del sogno di Makondo?"

In questo frangente, Sangani si dimostrò più perspicace.

"Tu, Tango Masai. Il leone sei tu."

Con lo sguardo fisso alla notte stellata l'uomo dall'uniforme nera continuò, senza voltarsi:

"Innanzitutto, l'animale rappresenta il sultano di Tabora, che un tempo veniva chiamato anche il Leone del Tanganika. D'altronde, se non ricordo male, l'emblema della città – quello che Sayid al Saada portava sulla tunica – era un gioiello, una spilla con un leone che stringeva fra gli artigli un'antilope."

Tango voltò il capo e lanciò un'occhiata maliziosa all'amico; poi raggiunse la scrivania e si sedette sulla poltrona. Prese una statuetta di legno raffigurante un orice e ne esaminò attentamente ogni particolare.

"Per cui, il leone della profezia sono io."

Lasciò passare alcuni istanti – il tempo necessario perché le parole ottenessero l'effetto desiderato –, poi proseguì:

"Per quanto riguarda la terza parte dell'enigma – il serpente –, lascio che sia tu a indovinare..."

Il viso di Sangani rivelava uno smarrimento incommensurabile.

"Davvero non so cosa pensare. Non ho alcuna idea."

"Rifletti. Ti ho accennato che non dovremo combattere contro gli inglesi. Che riusciremo a lasciare la città senza cadere nelle maglie della rete tesa dal maggiore Welton. Hai idea del modo in cui intendo procedere?"

Silenzio.

"Immagina qualcosa che sia in grado di portarci alla velocità di un cavallo al galoppo oltre le distese erbose, oltre le paludi, oltre i pianori desertici."

Ancora silenzio.

"Qualcosa che corra più veloce del vento, e che ci conduca lontano da Tabora. Qualcosa che sia svelto quasi quanto un ghepardo. Ma che allo stesso tempo possegga la forza dell'elefante, l'astuzia della iena e l'audacia dello sciacallo."

Sempre silenzio.

"Insomma, qualcosa che sia sufficientemente scaltro da superare le linee nemiche sibilando e strisciando sul terreno come un serpente."

Stavolta Sangani fece udire la propria voce:

"Non ne ho davvero idea, Tango."

Allora Tango Masai, con gli occhi che gli brillavano, annunciò sorridendo:

"Sto parlando del treno della Central Line."

Anche se quasi tutti l'avevano dimenticato, a Tabora esisteva una linea ferroviaria. Era costituita da un solo binario, in pessimo stato, certo, e tuttavia ancora praticabile.

La Central Line – era questo il suo nome – era l'unica linea ferroviaria del paese, costruita dagli occupanti tedeschi che, molto prima dell'arrivo degli inglesi, avevano sognato di estendere il proprio dominio sino alla regione dei grandi laghi, lontano, nell'entroterra.

A Tabora c'erano persino una stazione – un semplice riparo di legno coperto di foglie di palma –, un deposito per il pietrisco della massicciata e per le rotaie, un capanno per gli attrezzi, un magazzino per il carbone, uno scambio, uno snodo con l'abbozzo di tre collegamenti: per Kigoma, per Dar-es-Salaam e per Mwanza. E in disparte, su un binario morto, c'era un treno composto da una locomotiva e da alcuni vagoni – corroso dalla ruggine, ma in condizione di marciare.

Quand'era ancora in servizio, quell'unico treno impiegava tre giorni per attraversare il paese. In poche parole, si trattava di un reperto storico. Eppure, a dispetto di ogni progresso tecnologico, quel pezzo d'antiquariato costituiva il simbolo dell'effimera e tuttavia splendida epopea ferroviaria del Tanganika.

Ma c'era un problema: a Tabora non esisteva un macchinista.

Il giorno seguente, alle prime luci dell'alba, Sangani si presentò alla stazione. Fu accolto da un vecchio sdentato, la cui occupazione principale consisteva nel custodire quella meraviglia del passato che era il treno di Tabora. Seduto al riparo di una tettoia di tela tesa fra quattro picchetti, fumava e beveva del tè a pochi metri di distanza dai binari, con un fucile a portata di mano.

Senza dire una parola, il vecchio osservò il guerriero che si avvicinava; poi, pensando che fosse un ladro, imbracciò lo schioppo e si preparò a sparare.

"Altolà! Non un passo di più!"

Sangani reputò giudizioso obbedire a quell'intimazione.

"Sta commettendo un errore. Non intendo farle alcun male. Vengo da parte di Tango Masai."

A quelle parole, il vecchio abbassò il fucile e chiese, impressionato:

"Cosa vuoi da me?"

Sangani avanzò di qualche passo. Poi, senza smettere di osservare la locomotiva con la coda dell'occhio, domandò:

"Sei tu il custode del treno?"

"Sì."

"Secondo te, è ancora in grado di marciare?"

Il vecchio esitò per qualche istante, poi annuì.

"Sì, credo di sì. Ma, nel nome di Allah, perché ti interessa così tanto?"

"Saresti in grado di guidarlo?"

Stavolta il vecchio si mise a sghignazzare.

"Non ho mai imparato a farlo."

Il guerriero rosso fu pervaso dallo scoramento.

"Ma conosco un tipo che lo sa fare," disse il vecchio, alla fine.

"Su, parla."

"Non so se accetterà, ma è in grado di guidarlo. È lui ad aver inaugurato la linea, al tempo dei tedeschi. Mi sembra addirittura che sia stato il primo macchinista a guidare la locomotiva da Tabora a Dodoma."

"Come si chiama?"

"Il suo nome è Abd el-Krim. Ha lavorato alla Central Line per molti anni."

"Sai dove posso trovarlo?"

Il vecchio aggrottò le sopracciglia, come per riflettere intensamente; poi si portò una mano alla fronte, per schermarsi dal sole che già splendeva all'orizzonte, e disse:

"Prova ad andare al dispensario di Tabora."

Il dispensario di Tabora era situato nel centro della città, a pochi passi dal palazzo del sultano. Si trattava di un vero e proprio ospedale arabo, un capolavoro di architettura orientale nel cuore dell'Africa nera, una babele, un luogo in cui era possibile trovare ogni genere di infermo e di malattia: tisi, lebbra, catarro, difterite, tifo, febbre gialla e setticemie. Un campionario degli spaventosi effetti che le creature più infinitesimali del mondo erano in grado di provocare.

Dietro un bancone di mogano c'era un uomo vestito di una gellaba scura, con un paio di sandali di cuoio ai piedi, che aggiornava il registro d'ingresso dei degenti. Senza alzare il capo, disse:

"*Salaam aleikum*. Che posso fare per servirla?"

"*Aleikum salaam*," ripeté Sangani. "Sono venuto per parlarti: questo è un ordine speciale del sultano."

Per un malinteso, il portiere credette di avere di fronte Tango Masai in persona. S'irrigidì, e subito adottò un comportamento servile e ossequioso.

"Mi scusi, Eccellenza. Allah mi perdoni, ma non l'avevo riconosciuta. E devo confessare che non ero al corrente della sua visita."

Sangani avanzò di qualche passo e disse a voce bassa, assicurandosi che nessuno potesse sentirlo:

"La mia richiesta deve restare confidenziale. E non chiamarmi 'Eccellenza', ti prego. Non sono il sultano, ma soltanto un suo inviato."

"Capisco. Cosa posso fare per lei?"

"Sto cercando un uomo di nome Abd el-Krim."

"Sono io," disse il portiere, con tono gioviale.

Sangani fu sorpreso: quell'uomo gli sembrava troppo giovane per aver inaugurato la ferrovia al tempo dei tedeschi. Avrà avuto vent'anni, venticinque al massimo. Senza dubbio, lo stava prendendo in giro. Poi intuì che, con ogni probabilità, doveva esserci più di un Abd el-Krim che lavorava nel dispensario.

"Abd el-Krim, il conducente della locomotiva?"

Il volto del portiere mutò espressione.

"Ah, il vecchio Abd el-Krim? E cosa vuole da lui?"

"Proporgli di riprendere servizio. Mi serve qualcuno che sappia guidare una locomotiva."

L'uomo si grattò la testa, incredulo.

"Ahimè, è molto vecchio, e temo che la sua infermità gli impedisca di esservi d'aiuto."

"Di che male soffre?"
"È guercio."
Il portiere tentò di imitare il vecchio sforzandosi di far arrovesciare all'indietro un globo oculare, ma Sangani lo interruppe subito:
"Dove posso trovare questo Abd el-Krim? Dimmelo, ti prego!"
"Starà dormendo nella camerata... Il suo letto è l'ultimo in fondo a destra."
L'uomo non aveva ancora terminato la frase che già Sangani era scivolato nell'ampia sala comune del dispensario, nella quale avanzò con passi felpati. Nella sua vita di guerriero non era mai entrato in un ospedale e, nonostante il suo valore e il suo coraggio, fu sul punto di svenire. Percorse la camerata in fretta, turandosi il naso con una mano, per proteggersi dagli odori nauseabondi che assaltavano le sue narici.
Disteso su una branda, un ometto respirava rumorosamente. Sangani gli s'inginocchiò accanto e disse, con voce tranquilla:
"Sei Abd el-Krim, il macchinista del treno?"
Sorpreso che un guerriero masai gli parlasse in quel modo, l'uomo sollevò il capo.
"Sì, sono io. Cosa vuoi da me?"
"Voglio sapere se sei ancora capace di guidare una locomotiva?"
Il guercio alzò ostentatamente le sopracciglia, poi lo squadrò con l'unico occhio sano, stupito.
"Sì, certo. Ma, nel nome di Allah, perché mi hai fatto una simile domanda?"
"Perché sto cercando qualcuno che sia in grado di guidare un treno."
L'uomo sembrò accartocciarsi su se stesso.
"Oh, no, no. Sono troppo vecchio. E poi non ci vedo più bene."

Il tono della voce del guerriero si fece più secco:
“È un ordine del sultano. Ha bisogno di te, con la massima urgenza.”
Abd el-Krim s’irrigidì sulla branda.
“Un ordine di Tango Masai?”
Improvvisamente il suo volto mutò aspetto, e il suo unico occhio cominciò a splendere d’entusiasmo.
“In tal caso, cercherò di farlo. E dove conti di andare con quel treno?”
“A Mwanza. Partiamo stasera.”
“Partiamo... chi?”
“Tango Masai e tutta la sua armata. Lasceremo Tabora con il favore delle tenebre.”
Abd el-Krim emise un fischio di stupore.
“Mwanza? Mi sembra di ricordare che quella linea è chiusa da anni...”
Sangani gli posò una mano sulla spalla, per rassicurarlo.
“Stai sbagliando. È aperta di nuovo, a partire da oggi!”

11

Sin dal primo pomeriggio nel palazzo del sultano di Tabora regnò un'agitazione alquanto insolita: mentre Meeyu radunava in fretta i suoi pochi averi, nella sala delle cucine i soldati avevano organizzato un ultimo pasto comune, una sorta di veglia d'armi alla vigilia della battaglia campale – un ultimo banchetto di portate succulente e aromi inebrianti: carne arrosto, gallette al miele, torte di spezie, vino...

Quanto a Tango Masai, aveva deciso di trascorrere le ultime ore a palazzo seduto al tavolo di lavoro, a redigere leggi e decreti, per indicare ai membri del consiglio provvisorio la strada da seguire. Pensava che, agendo in quel modo, avrebbe lasciato la propria impronta nello spirito politico della popolazione, anche se gli eventi l'avevano obbligato ad abbandonare la città e il potere.

Quando Sangani andò ad annunciargli che il treno sarebbe stato pronto per partire al calar della sera, Tango Masai apparve incredibilmente sollevato, e si complimentò con l'amico:

"Grazie a te, riusciremo nell'impresa."

Poi, dopo averlo abbracciato, gli ordinò di tornare alla stazione e di tenersi pronto per una partenza imminente. Infine, mandò uno dei suoi guerrieri a chiamare Bakubé, per congedarsi dal fedele alleato.

Quando il pastore gli si presentò davanti, sul viso di Tango Masai albergava una serenità nuova e inconsueta.

"È tempo che vada, Bakubé. La sola idea mi spezza il cuore, ma so che con te Tabora non avrà nulla da temere."

Il pastore chinò il capo.

"Va' in pace, Tango Masai. Puoi partire a testa alta. Tabora deve a te la sua libertà, per sempre."

I due uomini si abbracciarono; poi si separarono con dignità. Appena prima di varcare la soglia, il ribelle si voltò:

"Bakubé, ho un ultimo favore da chiederti."

"Dimmi."

"Ordina a dieci dei tuoi uomini di scortare Meeyu fino a casa di suo padre, Makondo, nel villaggio di Kibara. Ti lascio il mio cavallo e la portantina. Per la sua sicurezza, le nostre strade non devono assolutamente incrociarsi."

Poi Tango Masai soggiunse:

"Temo che non sarà facile ingannare gli inglesi. Dovremo sicuramente batterci, e non vorrei che Meeyu..."

Il pastore lo interruppe con un cenno della mano.

"Non occorre che ti giustifichi. Sarà come tu desideri. Puoi partire tranquillo. Meeyu viaggerà sotto la mia protezione, come se fosse mia figlia. Mentre ti dirigerai velocemente a nord attraverso la pianura, il suo cammino si snoderà a est, lungo il fiume Wala. È la strada più sicura."

"Ti ringrazio, Bakubé. Addio."

"Addio, Tango Masai."

Il sultano uscì dalla sala del consiglio per non ritornarvi mai più, lasciandosi alle spalle l'immagine di Bakubé che stringeva in una mano la pergamena sulla quale era scritto, con lettere di sangue, l'atto di abdicazione di Sayid al Saada.

Fuori, neppure un alito di vento. Non un rumore. Un cielo simile a un fondale dipinto. Una notte nera punteggiata di stelle, come un mare in bonaccia, al centro del quale la luna aveva gettato la propria ancora.

Per alcuni istanti Tango Masai si fermò sulla terrazza a contemplare quel paesaggio struggente; poi si diresse verso gli appartamenti privati del palazzo.

"E così mi abbandoni di nuovo?"

La voce glaciale di Meeyu aveva rotto il silenzio: una voce che contrastava con la fiamma che sfavillava nel suo sguardo, uno sguardo ardente, come un veleno nero in iridi di neve.

Altera e maestosa, la giovane era in piedi sulla soglia, ritta come un serpente pronto a colpire. Pelle scura, tunica blu e collane di perle bianche. Di fronte a lei, un'uniforme nera, uno sguardo limpido, una voce dolce che tentava di calmarla.

"Al contrario, Meeyu. Agendo in questo modo, ti difendo dagli inglesi e dai nyamwezi. Bakubé è l'unico alleato che abbiamo in città. Viaggiando sotto la sua protezione, lontano dai villaggi lungo la ferrovia, potrai tornare a casa senza correre alcun rischio."

"E per quale motivo non prendi la medesima strada?"

"Una portantina non desta grandi sospetti, ma un'armata di ribelli... Non voglio che tu cada nelle mani di Hongo o del maggiore Welton: saresti un ostaggio tremendamente prezioso."

"E se fossi tu a cadere nelle loro mani? E se non dovessi ritornare mai più da questo viaggio?"

Tango prese fra le mani il viso della moglie e lo baciò.

"Non temere, e non pensarci più. Tornerò. Uomo o fantasma, sarò sempre al tuo fianco."

Allora Meeyu compì un gesto che non aveva mai fatto dal giorno delle nozze: si tolse la tanzanite che portava al collo e la porse all'uomo che amava.

"Tieni, porta questa pietra con te. Così ti sarò accanto."

L'uomo prese la gemma e se la rigirò fra le dita; poi, incredulo, cercò gli occhi di Meeyu. La quale si posò un dito sulle labbra e, avvicinandosi ulteriormente a lui, gli richiuse il pugno sulla tanzanite.

"Non dire niente. Ormai questa pietra è tua. Ti servirà da talismano. Adesso vieni qui, amami ancora una volta."

E con un movimento che sembrava appartenere a una danza, si sfilò la tunica e si sdraiò sul letto. Nuda, offerta, distesa. Nei suoi occhi neri, sul suo corpo e sulla sua pelle si leggeva il desiderio. Attirò a sé Tango Masai e si abbandonò alla vertigine del piacere.

Dopo l'amplesso – il congiungimento più bello e più lungo di tutti quelli che aveva conosciuto sino ad allora –, quando i loro corpi stremati si separarono, Meeyu chiuse gli occhi.

Nel momento in cui li riaprì si ritrovò sola.

Non un soffio di vento. Non un rumore. Un cielo notturno slavato, strano. E, nel mezzo, una luna assediata da una miriade di stelle.

Fuori, un'armata di mercenari abbandonava il palazzo in silenzio e si dileguava a passi felpati nella notte di Tabora. Scivolando lungo i muri di pietra, attraverso i giardini che odoravano di mirto, di gelsomino e di buganvillea, i soldati in tunica rossa si avvicinavano lentamente alla stazione.

Sotto una tettoia di legno due uomini trafficavano per mettere in moto una locomotiva. Un colosso d'acciaio assopito che, dopo le regolazioni e un ultimo ingrassaggio delle bielle e degli assali, sarebbe finalmente uscito dal suo lungo letargo.

"È tutto pronto?" chiese Tango Masai, avvicinandosi alla locomotiva.

Il vecchio guercio, seduto nella cabina del conduttore, gli rispose con un semplice cenno del capo. Dopo svariati tentativi infruttuosi, finalmente la locomotiva fu messa in moto, con un frastuono infernale.

"Vaporeeeee!" urlò Abd el-Krim.

"A bordo! Che tutti salgano sul treno! Si parte per Mwanza!"

Senza indugi l'armata ribelle prese posto nei vagoni. Poi, lentamente – molto lentamente –, dopo alcuni scatti e impuntature, le ruote iniziarono a girare e, a poco a poco, il treno prese velocità.

All'uscita dalla città la locomotiva eruttò una scura nube di fumo, prima di oltrepassare la Porta d'Avorio e fuggire verso nord.

"Guardate!" gridò un soldato, indicando il cielo.

Una nuvola di enormi lepidotteri, sicuramente attratta dalle luci scintillanti di Tabora, era sul punto di piombare sulla città.

"Sventura!" si lamentò Sangani. Un nugolo di farfalle era sempre un presagio funesto.

Tango Masai non vide – o non volle vedere – le miriadi d'insetti che stavano invadendo la città, i miliardi di elitre che riempivano il cielo sino a offuscare la luce lunare e a trasformare in tenebra le nubi bianche, prima di abbattersi simultaneamente sui campi coltivati tutt'intorno. Un saccheggio di indicibile violenza.

Il treno che portava l'armata ribelle verso la città di Mwanza, sulle rive del lago Vittoria, percorse le aride terre del Tanganika settentrionale, oltrepassò il fiume Igombe e si diresse senza intoppi verso Shinyanga.

Per ora, nessuna traccia dei nyamwezi e di Hongo. E neppure un segno della presenza delle truppe inglesi, lungo la via ferrata. Erano forse riusciti a sfuggire alle sentinelle? Il nemico aveva scelto una strategia meno aggressiva, una soluzione di ripiego?

Tango Masai non sapeva cosa pensare: si trattava di una trappola, di un qualche tranello, oppure di un'imprevedibile aiuto della fortuna? In qualsiasi caso, per il momento il treno avanzava verso la salvezza e, anziché preoccuparsi inutilmente, era meglio riposarsi un po', prima del sorgere dell'alba.

Nzubuka. Ipala. Bukene. Isaka. Igarukiro. Villaggi assopiti, i cui abitanti, strappati al sonno dal rumore assordante della locomotiva, si appostavano a grappoli lungo la ferrovia, per guardare con occhi vacui il passaggio di quel treno fantasma, prima di tornare tranquillamente a dormire, convinti di aver sognato.

Il convoglio guidato da Abd el-Krim corse per l'intera notte, attraversando fiumi, deserti e villaggi senza incontrare alcuna resistenza. Al levarsi del sole il borgo di Shinyanga si profilò all'orizzonte, e il macchinista decise di fare una breve sosta.

Shinyanga. Una spianata arida ai piedi di una collina dove alcune casupole di torba formavano un villaggio cinto da spesse mura d'argilla. Suolo rosso, terra di rame e polvere d'oro. Un paesaggio rosseggiante, schiacciato dal sole, seccato dal vento, sotto un cielo blu sfavillante di luce. Nessuna stazione. Solo una ferrovia attraverso la pianura – e, nel mezzo di quella distesa pianeggiante, un silenzio totale, spaventoso. In lontananza, sfocata nella sterpaglia, una mandria di capre erranti.

"C'è qualcosa che non va!" gridò Abd el-Krim, sorpreso, azionando il sistema frenante della locomotiva.

"Cosa non va?" chiese Sangani, che era sempre rimasto in piedi accanto al conducente, con la lancia in mano e lo sguardo vigile.

Il guercio fissò l'unico occhio sulla pianura.

"Una mandria di capre al pascolo senza pastore. Piuttosto strano, direi."

Anche il guerriero rosso scrutò l'orizzonte.

"Hai ragione. Sembra tutto troppo calmo: è come se il villaggio fosse stato abbandonato. C'è qualcosa che non mi convince. Non fermarti."

Poi, dopo un lungo silenzio, Sangani disse:

"Mwanza è ancora lontana?"

Situata sulle rive del lago Vittoria, la città di Mwanza era un territorio neutrale, al confine delle riserve masai. Un luogo in cui l'armata ribelle sarebbe stata finalmente al sicuro.

"Mwanza? Si trova a più di cento chilometri da qui, a nord. Non ci arriveremo prima di sera."

"Dobbiamo raggiungerla a qualsiasi costo. Gli inglesi non oseranno attaccarci, quando saremo là."

"Speriamo che sia davvero così!" disse una voce. "Peccato che non ci siamo ancora. Guardate il comitato di benvenuto che aspetta di accoglierci!"

Ritto nella sua uniforme nera, Tango Masai indicava una linea quasi impercettibile sulla cima della collina di Shinyanga.

I soldati dell'esercito britannico si trovavano proprio di fronte a loro, tutti vestiti di bianco, pronti a piombare sull'armata ribelle come un nugolo di candide farfalle. Un'intera guarnigione arrivata da Dodoma aveva atteso quell'istante con stoica pazienza.

Alla loro testa, il maggiore Horace Welton, che si lisciava i baffi in groppa a un cavallo dalla gualdrappa di un bianco immacolato. Non era solo. Al suo fianco c'era un uomo vestito di una gellaba chiara: Tariq, il consigliere di Sayid al Saada. Al collo, portava la stola intessuta di fili d'oro che il sultano indossava il giorno della sua morte.

Ma un'ulteriore sorpresa attendeva gli occupanti del treno. Oltre alle truppe agli ordini del maggiore Welton, ben presto scorsero dall'altra parte della pianura una torma di rinforzi inattesi: i nyamwezi di Hongo, che formavano un distaccamento di fanteria piuttosto insolito – dipinti con i colori di guerra e armati di lance, gridavano il loro odio in direzione del sole.

“Una trappola!” esclamò Tango Masai, indicando le schiere nemiche che, a poco a poco, si andavano delineando con chiarezza all’orizzonte.

“E adesso, cosa possiamo fare?” domandò Sangani. “Se tentiamo di resistere, saremo massacrati fino all’ultimo. Altrimenti, ci prenderanno tutti prigionieri.”

Di certo, il comandante dell’armata ribelle non voleva nemmeno sentir parlare di quest’ultima eventualità.

“Dobbiamo tentare il tutto per tutto. Che ogni uomo si prepari al combattimento!”

Poi, rivolgendosi ad Abd el-Krim, Tango Masai gridò, con voce carica di determinazione:

“Avanti tutta! Dobbiamo passare a qualsiasi costo! Oltre le linee degli inglesi c’è la libertà!”

Il guercio obbedì e lanciò la locomotiva sui binari, al massimo della velocità.

Fu allora che le prime grida di guerra esplosero verso il cielo. Venivano dai nyamwezi, i guerrieri di Hongo, che si scagliarono furiosamente nella battaglia alla vista della loro preda che fuggiva. Brandendo le lance, si lanciarono urlando all’inseguimento del treno, sollevando una nuvola di polvere rossa.

Sul lato opposto, i cavalieri inglesi adottarono una strategia più accademica, abbandonando le terrazzature della collina in file ordinate. Dopo aver sguainato le spade si lanciarono come un solo uomo verso la pianura.

Vedendo la trappola chiudersi sui propri soldati, il comandante dell’armata ribelle ordinò:

“Più vapore! Via! Possiamo ancora batterli in velocità!”

Giunti accanto alla ferrovia, i nyamwezi scagliarono con rabbia le loro lance verso il treno, ma le punte rimbalzarono contro l'acciaio con un fracasso infernale, prima di ricadere sul terreno. In preda a un senso di frustrazione e impotenza perché non erano riusciti a fermare la corsa sempre più veloce di quella macchina infernale, alcuni guerrieri di Hongo giacquero al suolo; accecati dalla collera, in ginocchio nella polvere, si riempivano la bocca di manciate di terra.

"Che tu sia maledetto, Tango Masai!" tuonò Hongo. Poi, con un ultimo gesto che intendeva esprimere la propria disperazione incommensurabile, si gettò su una lancia spezzata conficcata nel terreno, lacerandosi le viscere con la sua estremità acuminata.

Gli inglesi si erano avvicinati alla ferrovia in modo meno disordinato e più agguerrito. Appostati una cinquantina di metri più avanti, avevano imbracciato i fucili, puntandoli verso il treno che correva nella loro direzione.

"Arrenditi, Tango Masai!" gridò il maggiore Welton. "È la tua ultima possibilità!"

"Mai! Non mi arrenderò mai!" rispose con fermezza il ribelle.

La locomotiva era arrivata a una decina di metri dai soldati.

"Bene! In questo caso, fuoco a volontà, signori!"

Welton fece un gesto con la mano, e una pioggia di proiettili si rovesciò sulla locomotiva e sui suoi occupanti. Le lamiere del treno rimbombarono sotto la gragnola di colpi. Alcuni guerrieri, terrorizzati, si gettarono dai vagoni; altri furono feriti nel trambusto che seguì. Abd el-Krim fu colpito al braccio sinistro. Per fortuna, non vi furono morti da piangere. L'attacco durò solo qualche secondo, il tempo sufficiente perché la locomotiva superasse quel punto e proseguisse la propria corsa senza subire nuovi assalti, attraversando le linee nemiche e lasciando l'arida spianata di Shinyanga.

Gli inglesi e i nyamwezi erano stati sconfitti su tutta la linea, trafitti, inequivocabilmente battuti.

"Ce l'abbiamo fatta! Il treno è passato!" urlò Tango Masai. "Vittoria!"

Furono le sue ultime parole. Si udì uno sparo solitario, un colpo tirato a caso da uno sbandato inglese. Un proiettile fatale che centrò il petto del comandante dell'armata ribelle.

Nel preciso istante in cui la pallottola gli squarciò il corpo, lacerando i nervi e strappando la carne, e terminando la propria folle corsa a pochi millimetri dal cuore, Tango Masai capì che sarebbe morto. Si abbatté sul pavimento della locomotiva, gli si offuscò la vista e una febbre lo arse – e ogni cosa intorno a lui prese a vorticare in una danza d'immagini forsennate. Fu allora che fece il suo primo e ultimo sogno a occhi aperti. Il suo primo e ultimo sogno da stregone.

Vide suo padre, fiero e sereno, in piedi davanti all'ingresso della miniera di tanzanite di Arusha; sua madre, che sorrideva in punto di morte; e Makondo, seduto sul tronco d'albero di fronte alla sua capanna di Kibara. Vide Sayid al Saada, all'uscita di quello che non era più il suo palazzo; il proprio cavallo grondante di sangue che fendeva la folla inferocita nella piazza della fontana degli elefanti; e il maggiore Welton che lo accoglieva a Dodoma la prima volta. E vide Meeyu: la teneva stretta, pelle contro pelle, ed erano uniti per sempre nell'amore e nella sofferenza, mentre mille altre visioni gli lampeggiavano negli occhi, nutrendo la sua anima di gioia indescrivibile. Poi scorse un'ultima immagine, la più bella e la più singolare, quella che più di ogni altra avrebbe voluto vivere e che, purtroppo, non sarebbe mai diventata realtà. Lui che guidava il treno fino a Mwanza, imbarcava la locomotiva su una chiatta, attraversava le acque del lago Vittoria e, al termine di quell'improbabile viaggio, arrivava finalmente a Kibara, dove si presentava al vecchio *laibon* Makondo, annunciandogli:

"Ecco la testa del serpente di ferro."

Makondo avrebbe guardato la locomotiva – una macchina infernale che vedeva per la prima volta – e avrebbe risposto, con un sorriso sulle labbra:

"Sì, è proprio quella che ho visto nel sogno. Ora che ci hai liberati dalla profezia, potrò finalmente dormire in pace. Adesso sono pronto per incamminarmi verso la terra dei nostri padri. Ormai so che il mio popolo è libero."

Con il suo ultimo respiro Tango Masai prolungò la durata di quel sogno meraviglioso, immaginando di camminare verso la collina che dominava il lago sull'altopiano di Kibara, per recarsi al cimitero dei sentimenti e dei rimpianti, dove ogni giorno Makondo saliva per confidare al vento e alla terra ciò che non poteva dire ai suoi cari. E lì, si sentiva felice.

Rimase così a lungo, agonizzante, con le braccia incrociate sul petto dal quale stavano fuggendo via il sangue e la vita, insieme, mentre mormorava e salmodiava i canti sacri, rivolgendosi agli spiriti, aspettando che giungesse la fine.

Poi, dopo un'ultima preghiera, chiuse gli occhi e abbandonò questo mondo di parvenze con la stessa facilità con cui, la sera, ci si addormenta dopo una giornata di fatiche.

Nel preciso istante della sua morte, nell'attimo in cui la sua anima prese il volo, la tanzanite affidatagli da Meeyu prese a risplendere di mille fiamme. I tre colori delle sue facce si tramutarono in oro, abbagliandolo, prima di spegnersi come se fossero stati soffiati via dal vento. La pietra divenne nera. Nera come la notte, come le tenebre in cui lo spirito di Tango Masai si immergeva a poco a poco. Un nero profondo che avvolse le rive del lago Vittoria con un mantello d'oscurità.

12

A bordo della locomotiva i guerrieri dell'armata ribelle vegliarono il corpo di Tango Masai fino a Mwanza, fino al termine di quel viaggio ferroviario.

Lì, su ordine di Sangani, approntarono un accampamento di fortuna ai confini della città e, appena terminato il lavoro, diedero inizio alle cerimonie funebri.

In segno di lutto, si ornarono il corpo di pitture – i capelli color ocra, le cosce zebrate di bianco, la fronte cinta da un filo di perle. Quando il sole scomparve dietro l'orizzonte e l'immensa pianura fu immersa nell'oscurità, gli esploratori si preoccuparono di piantare fiaccole e torce sulle rive del lago Vittoria: un lungo serpente di fuoco, i cui bagliori si vedevano da grande distanza, invitava gli spiriti celesti a unirsi alla cerimonia.

Poi i soldati intonarono canti di lamentazione e danzarono in prossimità dell'acqua, con la schiuma alla bocca, pervasi di struggimento e tristezza, desiderosi di rendere omaggio allo splendore e al coraggio del loro comandante defunto.

Dopo averlo vestito dei paramenti funebri sistemarono il corpo del loro capo su un letto di frasche, lo coprirono con un sudario e lo scortarono in processione sino alla battigia; posarono lo strano feretro sulle acque del lago e, dopo un ultimo addio, lo osservarono allontanarsi, alla deriva.

E mentre il defunto raggiungeva nel silenzio più profondo la sua ultima dimora, scivolando sulla superficie limpida di quella tomba di lacrime, il fragile specchio che separa i morti dai vivi, sulla riva i guerrieri gli resero un ultimo omaggio, gridando al cielo la loro rabbia e la loro disperazione, brandendo le lance a sfidare gli astri.

Così vennero celebrati i funerali magici e grandiosi di Tango Masai, l'ultimo sultano di Tabora.

INDICE

Castiglione Chiavarese
miniera

Finito di stampare nel mese di febbraio 2021 presso
Rotolito S.p.A. – Seggiano di Pioltello (MI)

Stampato in Italia – Printed in Italy